맛있는 시 ——— 외롭고 힘들고 배고픈 당신에게

맛있는 시 —

외롭고
힘들고
배고픈 당신에게

정진아 엮음 | 임상희 그림

나무생각

나의 아버지 요셉에게

따뜻할 때 드세요,
당신을 위한 맛있는 시

　생굴을 넣어 미역국을 끓이고 조기가 구워지는 동안 불고기를 볶아 채 썬 대파를 올릴게요. 새로 꺼낸 배추김치를 먹기 좋게 썰고 달달 볶은 묵은지에 데친 두부 몇 조각도 곁들이겠습니다. 자, 고슬고슬 갓 지은 밥 한 그릇 내어놓습니다. 당신을 위한 '시 밥상'이에요. 맛있게 드세요. 마음대로 아무 때나 꺼내 읽으면 됩니다.

　마음의 짐이 너무 무거울 때, 사랑 때문에 아플 때, 이유 없이 쓸쓸하고 공허할 때, 울고 싶을 때, 힘들어 지쳤을 때 책을 펼쳐 서랍 속에 넣어둔 초콜릿 꺼내 먹듯 드세요. 여러 편을 한 번에 읽어도 배탈이 나지 않아요. 통째로 다 먹어도 안전합니다.

　음식은 마음의 상태를 보여줄 때가 많습니다. 할 일이 태산이라 정신없이 바쁜데 밀가루 반죽을 숙성시켜서 한 장 두 장 얄따랗게 떠 넣으며

끓이는 수제비를 먹을 수는 없으니까요. 급할 때는 후딱 끓여낸 라면이 최고죠. 지쳐서 쓰러질 것 같을 때는 달콤쌉싸래한 초콜릿이 진리입니다. 속이 상할 때는 눈물나게 매운 떡볶이를 찾게 되고 어린 시절로 돌아가고 싶어서 햄버거를 우물거리는 날도 있습니다.

2012년부터 EBS FM 〈시(詩) 콘서트〉 방송 원고를 쓰면서 매일 시집을 읽으며 청취자에게 낭독해줄 좋은 시를 찾아 헤맸습니다. 그러다가 음식에 관한 시가 많다는 걸 알게 됐어요.

이런 말, 하잖아요. '먹고살자고 하는 건데, 밥 먹고 합시다.' 시인들도 그런 마음으로 시를 쓰는 건지, 음식에 관한 시에는 걸쭉하고 진한 농도로 인생이 녹아 있습니다.

'시'라는 프리즘을 통해서 음식을 새롭게 만나고, 인생의 맛까지 느껴 보는 것도 재미있을 것 같아서 〈맛있는 시〉, 〈시가 놓인 식탁〉, 〈화요詩식회〉 등 음식과 관련된 시를 소개하는 코너를 꾸려왔어요. 그러다가 쌓여가는 이야기들을 책으로 묶고 싶어졌고 결실을 얻게 되었습니다.

이 책에는 방송에서 소개된 시도 있고 그렇지 않은 시도 있습니다. 간장, 된장, 고추장, 소금, 설탕 등 음식의 기본이라고 할 수 있는 식재료들에 관한 시도 들어 있어요. 이 시편들이 추가되면서 맛의 기본이 갖춰지듯 책의 내실도 단단해졌다는 생각이 듭니다. 집필을 시작하던 무렵, 몹시 힘든 시간을 보내고 있었습니다. 낯선 도시에서 엄마 손을 놓친 꼬마

처럼 큰 상실감에 빠져서 뭘 어떡해야 할지 몰라 허둥거렸어요. 숨쉬기도 힘든 시간이었지만 시를 읽고 글을 쓰면서 폭염을 이기듯 슬픔을 견뎠습니다. 그러는 사이, 마음 한구석부터 조금씩 따뜻해졌고 마무리를 하고 난 지금은 많이 편안해졌습니다. 이 책에 실린 시와 글들로 외롭고 배고픈 당신을 위해 식탁을 차렸습니다. 그 목소리에 귀를 기울여보세요.

"당신을 위한 '시 밥상'이에요. 맛있게 드세요."

햇살 좋은 날, 담양 '글을 낳는 집'에서
정진아

1장

위로맛 詩

— 토닥토닥, 너만 그런 거 아니야

허락된 과식

나희덕

이렇게 먹음직스러운 햇빛이 가득한 건
근래 보기 드문 일

오랜 허기를 채우려고
맨발 몇이
봄날 오후 산자락에 누워 있다

먹어도 먹어도 배부르지 않은
햇빛을
연초록 잎들이 그렇게 하듯이
핥아먹고 빨아먹고 꼭꼭 씹어도 먹고
허천난 듯 먹고 마셔댔지만

그래도 남아도는 열두 광주리의 햇빛!

《어두워진다는 것》, 창비

　장마가 잠시 멈춤하고 햇빛이 쨍합니다. 오랜만에 만난 아까운 햇빛에 눅눅해진 이불을 꺼내 널어도 좋고, 눈물 머금고 물렁물렁해진 마음을 바싹 말려도 좋겠네요. 사계절이 뚜렷해서인지 우리나라 사람들은 날씨에 따른 불쾌지수의 영향을 민감하게 받는데, 습한 날씨 속에서 축축하게 지내다가 어느 날 햇빛이 나면, 세상이 보송보송해지고 그것만으로도 기분이 좋아집니다.

　그래설까요? 일에 지쳐 피곤할 때는 햇빛 에너지를 온몸으로 받고 싶어집니다. 방송국 구내식당을 벗어나 근처 식당으로 나들이를 할 때면 햇빛 속을 천천히 걸으며 따사롭고도 먹음직스러운 햇빛을 온몸으로 호흡합니다. 먹어도 먹어도 남아도는 넉넉한 열두 광주리의 햇빛 아래서 누리는 허락된 과식은 지친 몸과 마음에 생기를 불어넣어 보송보송 가볍게 해줍니다.

저녁 스며드네

허수경

잎들은 와르르 빛 아래 저녁 빛 아래 물방울은 동그르 꽃 밑에 꽃 연한 살 밑에 먼 곳에서 벗들은 술자리에 앉아 고기를 굽고 저녁 스며드네.

한때 저녁이 오는 소리를 들으면 세상의 모든 주막이 일제히 문을 열어 마치 곡식을 거두어들이는 것처럼 저녁을 거두어들이는 듯했는데.

지금 우리는 술자리에 앉아 고기를 굽네 양념장 밑에 잦아든 살은 순하고 씹히는 풋고추는 섬덕섬덕하고 저녁 스며드네.

마음 어느 동그라미 하나가 아주 어진 안개처럼 슬근슬근 저를 풀어놓는 것처럼 이제 우리를 풀어 스며드는 저녁을 그렇게 동그랗게 안아주는데.

어느 벗은 아들을 잃고 어느 벗은 집을 잃고 어느 벗은 다 잃고도 살아남아 고기를 굽네

불 옆에 앉아 젓가락으로 살점을 집어 불 위로 땀을 흘리며 올리네.

잎들은 와르르 빛 아래 저녁 빛 아래 빛 아래 그렇게 그렇게
스며드는 저녁, 저녁 스며드네

《청동의 시간 감자의 시간》, 문학과지성사

크나큰 슬픔 앞에서도 때가 되면 밥을 먹습니다. 지독한 절망을 견디며 술자리에 앉아 고기를 굽기도 합니다.

그런 날이 있었어요. 중환자실에 누워 계시던 아버지에게 하루나 이틀 밖에 시간이 남지 않았다는 의사의 말을 듣던 날이었습니다. 청천벽력 같은 말에 울음이 터졌습니다. 하지만 면회 시간이 끝나 중환자실을 나온 후에는 일상을 살았어요. 약속 장소에 나가 점심을 먹고, 회의를 하고, 글을 썼습니다. 일상의 공간에서는 일상의 삶을 살다가 오롯이 혼자일 수 있는 자동차 안에서만 목소리를 높여 울었습니다.

이런 일이 가능한 건 살아 있는 한 희망을 놓지 못하기 때문일 겁니다. 아버지로부터 나로 이어진 생명, 나로부터 아이들에게 이어진 희망. 희망하는 순간에 그 희망이 이루어지는 일은 거의 없습니다. 그래도 지금 살아 있다는 것, 오늘 아침 눈을 뜨고 새로운 하루를 선물받았다는 것 자체가 희망이고 기적입니다. 라틴어 명언 중에 이런 말이 있습니다.

"Dum vita est, spes est(둠 비타 에스트, 스페스 에스트)."
'삶이 있는 한 희망이 있다'는 말입니다. 살아가면서 어려움을 만나 힘들어하고 슬픔을 겪기도 하지만, 살아 있다는 건 생명이고 희망이며, 감사한 일이라는 생각이 듭니다.

만찬晚餐

혼자 사는 게 안쓰럽다고

반찬이 강을 건너왔네
당신 마음이 그릇이 되어
햇살처럼 강을 건너왔네

김치보다 먼저 익은
당신 마음
한 상

마음이 마음을 먹는 저녁

《모든 경계에는 꽃이 핀다》, 창비

'짠하다'는 말을 국어사전에서는 이렇게 설명합니다.

짠하다〔짠ː하다〕
〔형용사〕 안타깝게 뉘우쳐져 마음이 조금 언짢고 아프다.
유의어 : 안타깝다

사전적 설명은 이 단어가 가진 다양한 뉘앙스를 담아내기에는 부족하기만 합니다.
"오메, 짠한 것!"
전라도를 도보로 여행할 때, 우연히 만난 할머니가 제게 던진 첫마디였습니다. 좋은 관광 명소가 많은데 촌에 뭐 볼 게 있다고 차도 안 타고 걸어다니며 고생하느냐는 걱정이었어요. 보따리를 뒤적여 음료수 하나를 건네시던 할머니. 순간 '짠하다'는 말에 섞인 다정함을 만났습니다. 짠한 혼자를 위해 '짠함'이 낳은 따뜻한 연민이 강을 건넜습니다. 한동안 마음이 마음을 먹는 저녁이 이어지겠지요. 배추를 절이고 양념을 버무렸을 그 손길로 외로움을 다독입니다.
'토닥토닥. 오메, 짠한 것!'

비빔밥, 이 맛

송송송 썬 김치를 넣어야지요.
콩나물도 한 젓가락,
생채도 담뿍 한 젓가락,
고추장도 빨갛게 한 스푼.
그러고 그냥 비빌 건가?
찔끔, 고소한 참기름도 넣어야지요.

부벅부벅부벅—
숟가락을 틀어잡고 비비다가
어차, 먹어 보자 한 숟갈!
오오, 맛있네!

근데 이 맛은 어디서 올까?
서로에게 아무것도 아닌 것들이
서로서로 섞여서
만들어 내는 이 비빔밥 맛은.

〈구방아, 목욕 가자〉, 사계절

　나에게 비빔밥은 '아빠'와 동의어입니다. 다정이 병일 만큼 자상했던 아빠. 다섯 자식들이 제비 새끼처럼 두레상에 조르르 앉으면, 아빠가 물었습니다.

　"비빔밥 먹을 사람?"

　"나.", "나.", "나.", "나.", "나."

　오중창이 이어졌고 아빠는 아이들의 그릇마다 따로따로 정성껏 밥을 비볐습니다. 큰 그릇에 다 넣고 한 번에 비빌 만도 한데, 생긴 것만큼이나 다른, 저마다의 비빔 취향에 따라 고추장 많이, 간장으로, 김치 넣고, 참기름 많이, 호박나물 빼고…….

　주문에 맞춰서 각자의 밥그릇에 부벅부벅 밥을 비벼주었습니다.

　"아빠, 나, 비빔밥."

　이 소리에 수저를 내려놓고 밥을 비벼줬던 아빠. 더없이 다정한 비빔밥을 맛보는 복을 누린 그 시간이 새삼 고맙습니다. '왜 나만 이렇게 힘들지?' 이런 생각이 날 때 꺼내 먹으라고 아빠는 '비빔밥의 추억'을 유산으로 남겨놓은 것 같습니다. 시를 읽으며 마음에 저금해둔 아빠 생각까지 소환했으니, 오늘은 비빔밥을 먹어야겠습니다.

통영의 봄은 맛있다

배한봉

참 달다 이 봄맛, 앓던 젖몸살 풀듯 곤곤한 냄새 배인, 통영여객선터미널 앞 서호시장 식당 골목, 다닥다닥 붙은 상점들 사이, 우리처럼 알음알음 찾아온 객이, 열 개 남짓한 식탁을 다 차지한, 자그마한 밥집 분소식당에서 뜨거운 김 솟는, 국물이 끝내준다는 도다리쑥국을 먹는다 나눌 분자 웃음 소자, 웃음 나눠준다는 이 집 옥호가 도다리쑥국 맛만큼이나 시원하다고 웃음 짓는 문재 형 앞 빈자리에 젊은 부부 한 쌍이 앉는다 자리 생길 때마다 누구나 스스럼없이 동석하는 분소식당 풍경이 쌀뜨물에 된장 풀어 넣은 국물 맛 같다 탕탕 잘라 넣은 도다리가, 살큼 익은 쑥의 향을 따라 혀끝에서 녹는

통영의 봄맛, 생기로 차오르는, 연꽃처럼 떠 있는 통영 앞바다 섬들이 신열에 달뜬 몸을 풀며 바다 틈새 어딘가 숨어 있던 봄빛을 무장무장 항구로 풀어내고 있다 어어, 이것 봐라 내 가슴에도 툭툭 산수유 꽃이 피는가 보다 따뜻해진 온몸 가득 파랑처럼 출렁이는, 참 맛있다 통영의 봄.

《주남지의 새들》, 천년의시작

　그날, 경남 고성에서 서울을 향해 달리던 자동차를 통영으로 돌린 건 거기에 맛이 있었던 까닭입니다. 내가 전에 통영에서 만났던 특별한 맛에 대해 목소리를 높이자, 운전대를 잡고 있던 후배 시인이 운전대를 꺾었습니다. 한 차에 타고 있던 다섯 시인은 잠시 후 작은 테이블을 차지하고 앉아 낮술을 마시기 시작했습니다. 철 지나 맛볼 수 없는 도다리쑥국 대신 먹게 된 졸복국 맛에 감탄하면서요. 산산이 빛나는 초여름 햇살과 통영, 그리고 낮술이 꽤 잘 어울렸습니다. 가벼운 충동이 만들어낸 특별한 시간이었습니다. 낯선 도시에 와 있다는 것. 알람 소리에 눈을 뜨는 일상에서 벗어난 것만으로도 기분이 좋았습니다.

　다 부질없다, 헛일이었다는 생각으로 무력감에 빠졌을 때는 통영을 떠올립니다. 그곳에서 먹었던 음식을 추억하며 함께했던 사람들을 떠올리며 돌아가지 못할 행복했던 시간을 거닐며 내 마음 어딘가에서 잠자던 긍정 에너지를 무장무장 끌어올립니다.

진미 생태찌개

고두현

마포 용강동 옛 창비 건물 맞은편에
진미 생태찌개집이 있는데요.
일일이 낚시로 잡아 최고 신선한 생태만 쓴다는
술 마신 다음 날 그 집에 사람들 모시고 가면
자리 없어 한 시간쯤 기다렸다 먹기도 하는데요.

한 사람은 거참 좋다 감탄사를 연발하고
또 한 사람은 아무 말 없이 숟가락질 바쁘고
다른 한 사람은 감탄사와 말없음표 번갈아 주고받다
이 좋은 델 왜 이제야 알려 주느냐고
눈 흘기며 원망하는 집이지요.

가끔은 생태 입에서 낚시바늘이 나오기도 한다는
그 집 진미 생태찌개처럼
싱싱하고 담백하면서 깊은 맛까지 배어나는,

한 사람이 그 양반 참 진국일세 칭찬하고
또 한 사람이 아무 말이 필요 없는 사람이라 하고
다른 한 사람은 왜 이제야 우리 만났느냐고 눈 흘기는
그런 사람이 바로 나였으면 좋겠다고 생각하는

그 집을 저는 아주 아주 좋아합니다.

《물미해안에서 보내는 편지》, 민음사

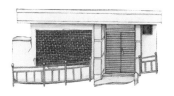

시를 읽으며 사람 좋은 고두현 시인이 극찬하는 이 식당에 가보고 싶어
졌습니다. 그러면서 '내 단골 음식점은 어디일까?' 생각해봤습니다.

그러다가 안암동의 동우설렁탕을 떠올렸습니다. 채식주의자는 아니지
만 고기를 즐기지 않는 편이고 설렁탕이나 곰탕은 싫어하는 음식 중 하나
였습니다. 그런데 임신을 하고 입덧으로 고생을 할 때, 입에 대본 적도 없
는 설렁탕이 생각났습니다. 한번 생각이 나니 참을 수 없을 만큼 먹고 싶
었습니다. 다음 날, 친정으로 달려간 나는 엄마와 함께 설렁탕을 먹으러
갔습니다. 그렇게 인연이 되어 지금까지 종종 찾아가는 단골 음식점이 동
우설렁탕입니다.

참 오랫동안 이 집 설렁탕을 먹었습니다. 손님이 왔을 때나 가족 모임
할 때처럼 즐거운 시간도 함께했고 고관절 수술 후 힘들어하는 아버지를
간병할 때처럼 슬픈 시간도 함께했어요. 지독한 감기 몸살로 기력이 떨어
졌을 때도, 밤새워 방송 원고를 마무리한 날도 뜨거운 설렁탕 국물에 의지
해 힘을 냈습니다. 그래요, 생각해보니 단골집이 있다는 게 참 다행스럽습
니다. 이 집을 저는 아주아주 좋아합니다.

국수가 먹고 싶다

이상국

국수가 먹고 싶다

사는 일은
밥처럼 물리지 않는 것이라지만
때로는 허름한 식당에서
어머니 같은 여자가 끓여주는
국수가 먹고 싶다

삶의 모서리에 마음을 다치고
길거리에 나서면
고향 장거리 길로
소 팔고 돌아오듯
뒷모습이 허전한 사람들과
국수가 먹고 싶다

세상은 큰 잔칫집 같아도
어느 곳에선가
늘 울고 싶은 사람들이 있어
마을의 문들은 닫히고
어둠이 허기 같은 저녁

눈물자국 때문에

속이 훤히 들여다보이는 사람들과

따뜻한 국수가 먹고 싶다

《집은 아직 따뜻하다》, 창비

최종 면접을 보고 결과를 기다립니다. 이번엔 잘될 것 같습니다. 면접
관이 호의를 보였고 많은 걸 질문하기도 했습니다. 희망이 가깝습니다. 첫
출근하는 날에 신으면 좋을 것 같은 구두를 검색하며 발표를 기다립니다.
설렘으로요.

아, 어떻게 된 걸까요? 결과는 지난번과 같습니다. 기대만큼이나 절망
도 큽니다. 눈물 자국을 들키기도 합니다. 잘될 것 같았던 일이 잘 안 될
때가 있어요. 어쩌면 인생의 대부분 순간이 그렇습니다. 답답함에 입맛마
저 잃었을 때는 국수가 진리입니다. 후루룩 소리 내며 면발을 들이마시고
국물까지 비우고 나면 마음에 쌓인 숯검정이 씻겨나갈 겁니다. 자, 다시
시작해볼까요!

혼자 먹는 밥

임영조

외딴 섬에 홀로 앉아 밥을 먹는다
동태찌개 백반 일인분에 삼천오백원
호박나물 도라지무침 김치 몇 조각
깻잎장아찌 몇 장을 곁들인 오찬이다

먹기 위해 사는가, 묻지 마라
누구나 때가 되면 먹는다
살기 위해 먹는가, 어쨌거나
밥은 산 자의 몫이므로 먹는다
빈둥빈둥 한나절을 보내도
나는 또 욕먹듯 밥을 먹는다

은행에서 명퇴한 동창생은 말한다
(위로인지 조롱인지 부럽다는 듯)
시 쓰는 너는 밥값한다고
생산적인 일을 해서 좋겠다고 말한다

나는 아직 이 세상 누구를 위해
뜨끈한 밥이 돼본 적 없다
누구의 가슴을 덥혀줄 숟갈은커녕

밥도 안 되고 돈도 안 되는
시 한 줄도 못 쓰고 밥을 먹다니!

유일한 친구 보세란報歲蘭 한 분이
유심히 지켜보는 가운데
혼자서 먹는 밥은 왜
거저먹는 젯밥처럼 목이 메는가
먹어도 우울하고 배가 고픈가
반추하며 혼자 먹는 밥.

《지도에 없는 섬 하나를 안다》, 민음사

밥값. 이렇게 써놓고 한참 동안 생각에 잠깁니다. 생각해보면 밥값이라는 말이 무섭기도 합니다. 갓 지은 밥에 땅심을 머금은 푸성귀. 바다에서건져 올린 미역에다 시간이 빚은 초를 넣은 냉국, 적당히 익은 열무김치까지 한 끼를 잘 먹었습니다.

밥값을 하고 사는지 스스로에게 물어봅니다. 부끄럽게도 이 세상 누구를 위해 뜨끈한 밥이 되지도 못했고, 누구의 가슴을 덥혀준 적도 없습니다. 어떻게 살아야 밥에게 부끄럽지 않을까를 생각해봅니다. 이제부터라도 밥이 준 에너지를 제대로 쓰며 순간순간을 열심히 살아야겠습니다. 일도 열심히 하고 배우기도 열심히 배우고 사랑도 열심히 하고 책도 열심히읽고 먹는 것도 열심히 먹고 놀기도 열심히 놀고…….

그 열심의 순간들이 모두 밥값입니다.

풋앵두

익어 가는 중,
초록에서
주황, 빨강으로
빨강에서 말랑말랑 다 익을 때까지
익어 가는 중.

조롱조롱 가지마다
익어 가는 풋앵두
무슨 맛일까?

따 먹으려는 내 손 붙드는
엄마 한마디
— 시금털털 아린 맛이야.

예쁜 앵두
눈으로만 따 먹다가,
시금털털 아린 맛
무슨 맛일까?

— 에퉤퉤퉤!

036

시금털털 아린 맛

이런 거구나.

《힘내라 참외 싹》, 소야

누구나 해본 일보다는 못 해본 일이 더 많을 겁니다. 위험해서 엄두를 못 내는 일도 많고, 망설이다 포기한 일, 여자라서, 남자라서 할 수 없는 일도 있습니다. 연애를 책으로 경험하듯, 직접 겪기보다는 다른 이들의 경험을 바탕으로 이해하는 경우가 더 흔합니다.

고종 황제는 뙤약볕 아래 이리저리 뛰어다니며 테니스를 치는 외국인들을 보고 "저 힘든 일을 아랫것들 안 시키고……." 하며 혀를 찼다고 합니다. 스포츠가 주는 즐거움을 경험한 적이 없었기 때문에 그런 말씀을 하셨던 거겠지요.

1박 2일 일정으로 혼자서 설악산에 오른 적이 있습니다. 10월 말, 중청 산장이 통째로 날아갈 듯 거센 바람이 부는 밤을 보내면서 비로소 나를 제한하는 나로부터 벗어날 수 있을 것 같다는 생각을 했습니다. 사실 지금도 주저하고 망설이는 순간이 많지만 덜 익은 풋앵두 맛도 보고 오지로의 여행도 겁내지 않으면서 잘 살아가고 있습니다.

삼학년

박성우

미숫가루를 실컷 먹고 싶었다
부엌 찬장에서 미숫가루통 훔쳐다가
동네 우물에 부었다
사카린이랑 슈거도 몽땅 털어넣었다
두레박을 들었다 놓았다 하며 미숫가루 저었다

빰따귀를 첨으로 맞았다

《가뜬한 잠》, 창비

　일요일 아침, 아이는 늦잠 자는 엄마를 두고 혼자 놀기로 합니다. 좋아하는 요구르트를 가장 좋아하는 컴퓨터와 나눠 먹었습니다.

　얼마 후, 잠에서 깨어난 엄마가 요구르트 범벅이 된 컴퓨터를 보더니 소리를 지르며 난리입니다. 맛있는 건 나눠 먹으라는 유치원 선생님 말씀대로 했는데 왜 화를 내는지 아이는 도무지 이해할 수 없었습니다. 그 후로 이십여 년의 시간이 흘렀고, 아이와 엄마는 그 일을 이야기하며 웃습니다. 뜻하지 않게 미숫가루를 잔뜩 얻어먹고 동네 우물이 신난 날, 침으로 뺨따귀를 맞은 아이는 자라서 시인이 됐고 그 일을 한 편의 시로 담아냈습니다.

　엉뚱하고 난감한 사건 사고들로 삶을 배우며 아이는 어른이 되어갑니다. 그리고 인생에게 뺨따귀를 맞아도 아무렇지도 않은 듯 또 하루를 살아냅니다.

한 잔의 커피를 마실 때마다

용혜원

한평생 살아가며
몇 잔의 커피를 마실까

커피를 마실 때마다
무슨 생각을 할까
커피를 마실 때마다
누구와 마실까

지나온 삶의 안타까움과
다가오는 삶에 대한 기대감 속에
늘 서성거리다가 떠나는 것은 아닐까
가끔씩 답답함을 터뜨리고 싶어
외마디라도 버럭 소리 지르고 싶다

커피를 마시고
깨끗하게 씻어 놓은 잔처럼
마시던 순간을 잊어버리는 것은 아닐까

한 잔의 커피를 마실 때마다
흘러가는 세월이 안타까워

외로움을 숨기고 싶을 때

에스프레소의 깊고

진한 맛을 느낀다

《우리 서로 사랑할 수 있다면》, 나무생각

하루를 커피로 시작합니다. 생각해보면 하루에 두 잔 이상을 마시는 사람도 꽤 되는 것 같습니다.

우리는 왜 커피에 집착할까요? 용혜원 시인의 말처럼 '외로워서가 아닐지' 생각을 해봅니다. 사랑하는 사람이 곁에 있어도 외로울 때가 있습니다. 그건 본성의 문제라는 생각이 들어요. 사람은 혼자 태어나고 마지막 한 걸음도 혼자 가는 존재입니다. 그러니 외로울 수밖에요. 검고 깊은 외로움을 감추고 싶을 때 손을 뻗어서 진한 커피를 마셔보세요.

선우사 膳友辭
― 함주시초 咸州詩抄 4

백석

낡은 나조반에 흰밥도 가재미도 나도 나와 앉아서
쓸쓸한 저녁을 맞는다

흰밥과 가재미와 나는
우리들은 그 무슨 이야기라도 다 할 것 같다
우리들은 서로 미덥고 정답고 그리고 서로 좋구나

우리들은 맑은 물밑 해정한 모래톱에서 하구 긴 날을 모래알
만 헤이며 잔뼈가 굵은 탓이다

바람 좋은 한벌판에서 물닭이 소리를 들으며 단이슬 먹고 나
이 들은 탓이다

외따른 산골에서 소리개소리 배우며 다람쥐 동무하고 자라
난 탓이다

우리들은 모두 욕심이 없어 희여졌다
착하디 착해서 세괏은 가시 하나 손아귀 하나 없다
너무나 정갈해서 이렇게 파리했다

우리들은 가난해도 서럽지 않다

우리들은 외로워할 까닭도 없다

그리고 누구 하나 부럽지도 않다

흰밥과 가재미와 나는

우리들이 같이 있으면

세상 같은 건 밖에 나도 좋을 것 같다

《백석 전집》, 실천문학사

시의 제목인 선우사膳友辭는 '반찬 친구에게', 또는 '반찬 친구에게 드리는 글' 정도로 풀어서 읽을 수 있습니다. 낡고 작은 밥상에 가재미와 흰밥이 덩그러니 놓여 있습니다. '외롭고 높고 쓸쓸한' 시인 백석은 가난한 밥상에 놓인 밥과 반찬을 미덥고 정다운 친구로 느낍니다. 가재미와 흰 밥과 시인. 이들은 모두 욕심이 없고, 착하디착하고, 파리할 만큼 정갈하다는 공통점을 지녔습니다.

착하디착한 시인의 시를 읽으며 착함에 대해 생각해봅니다. 이즈음에는 착하다는 말이 흉이 되기도 합니다. 방송 작가로 활동하기 시작한 첫해에 가장 힘들었던 건 '착한 척한다'는 말을 들었던 일입니다. 진심이라는 게 통할 것 같지 않은 사람들과의 관계가 무척 힘들었고 때때로 마음이 상하기도 했습니다. 우울하고 너무 힘들어서 정신과 상담을 받았는데 한 시간가량 내 이야기를 들은 의사가 말했습니다.

"그냥 손해 보고 사세요."

어이없는 대답에 실망했지만 돈이 아까워서 처방해준 약을 먹고 사흘 내리 잠을 잤습니다. 그렇게 자고 나서 한 생각, '손해 보고 살자.'였습니다. 손해 본다는 것은 '지는 것'이라는 생각 때문에 힘들었는데 '진다'는 생각을 내려놓고 나니 다 편했습니다.

착하게 살아서 가난해도 서럽지 않고 외로워할 까닭도 없고 욕심이 없으니 누구 하나 부럽지도 않은 삶, 자족하고 감사하는 마음이 행복의 시작입니다.

그래서

김소연

잘 지내요,
그래서 슬픔이 말라가요

내가 하는 말을
나 혼자 듣고 지냅니다
아 좋다, 같은 말을 내가 하고
나 혼자 듣습니다

내일이 문 바깥에 도착한 지 오래되었어요
그늘에 앉아 긴 혀를 빼물고 하루를 보내는 개처럼
내일의 냄새를 모르는 척합니다

잘 지내는 걸까 궁금한 사람 하나 없이
내일의 날씨를 염려한 적도 없이

오후 내내 쌓아둔 모래성이
파도에 서서히 붕괴되는 걸 바라보았고
허리가 굽은 노인이 아코디언을 켜는 걸 한참 들었어요

죽음을 기다리며 풀밭에 앉아 있는 나비에게

빠삐용, 이라고 혼잣말을 하는 남자애를 보았어요

꿈속에선 자꾸

어린 내가 죄를 짓는답니다

잠에서 깨어난 아침마다

검은 연민이 몸을 뒤척여 죄를 통과합니다

바람이 통과하는 빨래들처럼

슬픔이 말라갑니다

잘 지내냐는 안부는 안 듣고 싶어요

안부가 슬픔을 깨울 테니까요

슬픔은 또다시 나를 살아 있게 할 테니까요

검게 익은 자두를 베어 물 때

손목을 타고 다디단 진물이 흘러내릴 때

아 맛있다, 라고 내가 말하고

나 혼자 들어요.

《수학자의 아침》, 문학과지성사

혼자서 나를 위로해야 할 때가 있습니다. 같은 일을 당해도 사람마다 느끼는 슬픔의 결이 다르기에 내 슬픔을 알아달라고 할 수도 없고 나만큼 슬퍼하기를 기대할 수도 없는 게 인생입니다. 아버지를 여의고 어느 정도 시간이 흐르자 슬픔이 말라간다는 생각이 들었어요. 그리고 이 시가 떠올랐습니다.

"잘 지내요, 그래서 슬픔이 말라가요."

이 구절에 마음이 놓였습니다. 아버지와 헤어지면서 예전처럼 행복해질 수 없을지도 모른다고, 웃을 일이 없을 거라고 생각한 시간이 있었습니다. 하지만 어느새 슬픔은 햇살 좋은 날 빨랫줄에 걸린 옷처럼 말라가고 있습니다. 진물 나던 상처가 꾸덕꾸덕 말라가고 있습니다. 자두를 꺼내 먹습니다. 철 이른 신 자두여도 좋고, 가을 무렵, 늦은 자두여도 좋겠습니다. 아빠와 나란히 앉아서 먹던 자두를 혼자서 와삭, 한입 가득 베어 물고는 말하겠습니다.

"아 맛있다."

나 혼자 말하고 아버지랑 같이 듣겠습니다.

"잘 지내죠? 나는 잘 지내요."

이런 말도 하겠습니다. 내 목소리를 들은 아버지가 빙그레 웃으며 말씀하실 겁니다.

"고맙다, 내 딸."

숟가락은 숟가락이지

박혜선

금수저
은수저
흙수저?

밥상 앞에 놓고 텔레비전 보던 할머니가 한마디 한다

그냥
밥 잘 뜨고
국 잘 뜨면
그만이지

밥 푹 떠서 김치 척 걸쳐
입 쩍 벌리는 할머니

요 봐라 요기,
내 수저는 시집 올 때 가져온 꽃수저다.

《쓰레기통 잠들다》, 청년사

내 숟가락은? 고개를 갸웃거려봅니다. 여러분의 숟가락은 어떤가요?
마음에 드는 숟가락인가요?

네팔 산골, 차가 들어가지 않아서 두세 시간은 걸어가야 닿는 치트레
마을, 그곳에서도 가장 가난한 아이들이 다니는 학교가 '락슈미 학교'입니
다. 그곳 아이들은 모두 흙수저, 아니 아예 숟가락이 없을 지경일 겁니다.
하지만 아이들은 언제나 웃고 있었습니다. 신나게 뛰놀다 카메라를 든 나
를 보면 유쾌하게 외쳤습니다.

"Photo, photo!"

공책 한 권에도 큰 행복을 느끼는 락슈미 아이들에 비해 우리는 너무
많은 것을 가졌습니다. 하지만 그들만큼 행복을 느낄까요?

금수저가 탐나시나요? 흙수저라서 괴로운가요? 행복은 숟가락이 아니
라 '마음에 달렸다'는 지극히 당연한 만고의 진리를 고시랑고시랑 덧붙입
니다.

꽃밥

엄재국

꽃을 피워 밥을 합니다

아궁이에 불 지피는 할머니

마른 나무에 목단, 작약이 핍니다

부지깽이에 할머니 눈 속에 홍매화 복사꽃 피었다 집니다.

어느 마른 몸들이 밀어내는 힘이 저리도 뜨거울까요

만개한 꽃잎에 밥이 끓습니다

밥물이 넘쳐 또 이팝꽃 핍니다

안개꽃 자욱한 세상, 밥이 꽃을 피웁니다

《정비공장 장미꽃》, 애지

담양에서 태어났지만 갓난아이 때 이사 온 후 쭉 서울에서 살고 있습니다. 그런 까닭에 아궁이에 커다란 가마솥을 걸어놓고 밥을 짓는 풍경은 텔레비전을 통해서 본 게 전부. 당연히 가마솥 밥을 먹어본 적도 없습니다. 그래서 더, 이 시의 매력에 빠져든 것 같습니다.

시를 읽고 또 읽으며 아궁이에 마른 장작을 밀어 넣어봅니다. 불이 붙은 나무에서 함빡함빡 목단, 작약이 피어납니다. 나무는 활활활 꽃을 피워내며 한 생을 다합니다. 그 뜨거운 생을 받아든 가마솥이 밥을 끓입니다.

살아가는 일도 마찬가지겠지요. 씨앗처럼 작은 생명으로 세상에 와서는 한 시절 줄기를 뻗고 잎을 틔우고 활짝 꽃을 피웁니다. 그러다 때가 되면 마른 장작처럼 생의 마지막을 준비하기도 하겠지요.

삶을 다하는 마지막 순간에 누군가의 생명을 이어주는 꽃밥이 될 수 있다는 것, 그 또한 의미 있는 일이 아닐까요? 곁에 있는 사람에게 실망해서 마음에 시린 바람이 불고 있다면 꽃불로 끓여낸 가마솥 꽃밥을 먹어도 좋을 것 같습니다. 밥알 하나하나에 고인 뜨거움이 마음에 부는 시린 바람을 다사로운 훈풍으로 바꿔줄 거예요.

라면의 힘

꼬불꼬불 산길
즉석 라면 배낭에 담고
성큼
아빠 발자국 따라
종종종
올라간다.

차오른 숨
힘 빠진 다리
배 속에선 꼬르륵

"아빠, 라면 먹고 싶어."
"산꼭대기서 먹어야 더 맛있지."

올라간다
올라가

아빠 주먹만 한 라면이
헉헉 지친 나를
산꼭대기로 끌어올린다.

《난 내가 참 좋아》, 청개구리

052

산 정상에서 라면을 먹어본 적이 있으세요? 겨울 산, 햇볕 잘 드는 명당에 앉아 라면을 먹어봤다면 라면의 힘에 '동감'을 외치실 겁니다. 뜨거운 물을 부어 익힌 컵라면에 불과하지만 후후 불어서 후루룩, 면발을 흡입하는 순간, 감탄사가 절로 나옵니다. 어떻게 이렇게 맛있을 수 있을까요? 이 값싼 먹거리가 산꼭대기에 올라 뜨거운 물과 만나는 순간 산해진미로 바뀌는 것, 바로 이게 사는 맛일까요?

그렇다면, 별 볼일 없는 내 삶도 어느 순간 포텐이 터지는 날이 오겠죠? 어처구니없고 허무맹랑한 상상이지만 기분이 좋아져서 혼자 웃습니다.

하하하하!

짜장면을 먹으며

짜장면을 먹으며 살아봐야겠다
짜장면보다 더 검은 밤이 올지라도
짜장면을 배달하고 가버린 소년처럼
밤비 오는 골목길을 돌아서 가야겠다
짜장면을 먹으며 나누어 갖던
우리들의 사랑은 밤비에 젖고
젖은 담벼락에 바람처럼 기대어
사람들의 빈 가슴도 밤비에 젖는다
내 한 개 소독저로 부러질지라도
비 젖어 꺼진 등불 흔들리는 이 세상
슬픔을 섞어서 침묵보다 맛있는
짜장면을 먹으며 살아봐야겠다

《내가 사랑하는 사람》, 열림원

"바람이 분다, 살아봐야겠다 (Le vent se lève, il faut tenter de vivre)."

프랑스 시인 폴 발레리의 대표작 〈해변의 묘지〉 한 구절입니다. 고등학교 다닐 때 읽고 매료되었던 구절이기도 합니다. 대학 입시에 실패했을 때, 사랑이 끝났을 때, 입사 시험에 떨어졌을 때…… 절망의 고비에서 이 구절을 읽으며 힘을 냈습니다.

주저앉고 싶을 때, 살아볼 마음을 불러일으키는 음식 하면 짜장면을 빼놓을 수 없지요. 검고 빛나는 소스에서 풍겨 나오는 향은 식욕을 자극하고 삶의 의욕까지도 끌어냅니다.

짜장면, 참 많이도 먹었습니다. 생애 첫 외식 날, 입학식과 졸업식, 새집으로 이사하던 날, 김장을 하느라 바쁠 때도 짜장면을 시켜 먹곤 했습니다. 야근을 할 때도 간단하지만 든든하게 속을 채워주는 짜장면을 배달시켜서 먹었어요. 입맛이 없을 때도 주머니가 가벼울 때도 짜장면 한 그릇이면 모든 게 해결됐습니다. 짜장면 하나면 충분히 행복했던 어린 날처럼 삶의 무게 때문에 힘겨울 때 짜장면을 먹으며 살아봐야겠습니다. 행복하게 잘 살아갈 마음을 품어야겠습니다.

2장

사랑맛 詩

— 사랑한다, 사랑한다, 나 너를

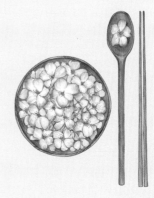

콩밥 먹다가
— 딸아이에게

정다혜

저녁밥 짓는데 넣으려는 검정콩 한 줌

물에 불렸는데도 단단하다

어디 단단한 슬픔이 있던가?

콩은 뜨거운 입김 만나 순해지다

쌀 속에 숨어 차진 콩밥 만들었다

콩밥을 싫어하여 콩만 골라내던

눈 맑은 그 아이 생각에 목이 메고

잊고 살았던 슬픔의 오장육부에

검은 콩알들 산탄처럼 박힌다

아이는 그해 여름 길 위에서

콩 꽃처럼 피었다 떨어졌다

무심히 콩밥 담는 저녁밥상에서

다시 만나는 검은 화인火印

여태 너 나하고 살고 있었니?

내 안에서 너, 콩처럼 살고 있었니?

너 묻고, 나는 평생 콩밥 먹는 죄인이었는데

너 묻고, 나는 평생 콩밥 먹는 슬픔이었는데

《스피노자의 안경》, 고요아침

060

　유한한 삶을 살아가는 사람은 태어나면 누구나 죽습니다. 언젠가는 사랑하는 사람을 떠나보내게 됩니다. 하지만 이 슬픔은 결이 다르네요. 어린 자식을 떠나보내고 엄마는 평생 죄인입니다. 사랑하는 사람을 영원히 떠나보내고 남은 사람들은 산탄처럼 박힌 슬픔을 견뎌내야 합니다.

　누군가의 죽음을 통해 마음에 품게 될 슬픔의 크기는 모두 다르지만 제 몫의 슬픔을 묵묵히 감당해내야 합니다. 각자의 방식으로 슬픔을 견뎌야 합니다. 무심히 지은 콩밥을 먹다가 다시 만난 아이. 울컥 솟는 눈물 틈으로 아이는 엄마 곁에 와서 앉습니다. 죽음으로 갈라졌지만 잊지 않음으로, 지금도 같이 있습니다.

영혼의 가장 맛있는 부분

하느님이 땅과 물과 햇빛을 주고

땅과 물과 햇빛이 사과나무를 주고

사과나무가 빨갛게 익은 열매를 주고

그 사과를 당신이 나에게 주었다

부드러운 두 손으로 감싸서

마치 세계의 기원 같은

아침 햇살과 함께

한마디 말도 없었지만

당신은 나에게 오늘을 주고

잃어지지 않을 시간을 주고

사과를 가꾼 사람들의 웃음과 노래를 주었다

어쩌면 슬픔까지도

우리 위에 펼쳐진 푸른 하늘에 숨은

그 정처 없는 것을 거슬러서

당신은 그런 식으로 자기도 모르는 사이에

당신 영혼의 가장 맛있는 부분을

나에게 주었다

《사과에 대한 고집》, 비채

봄날이었습니다. 당신과 함께였지요. 어느 강변 카페, 파라솔 아래서 우리는 마주 보며 웃었습니다. 어디서 날아왔는지 새 한 마리가 노래를 불렀습니다. 마치 우리의 사랑을 응원하듯. 막 사랑을 시작한 당신과 나에게 세상은 가장 좋은 것을 주었습니다. 햇살과 바람, 새의 노랫소리까지.

오랜 시간이 흘렀고 이제는 함께했던 그 시간으로 되돌아갈 수는 없지만 나에게 준 당신 영혼의 가장 맛있는 부분을 꺼내 먹습니다. 그래서 당신 없이도 나는 미소 짓습니다.

그렇게 평안하세요, 당신도.

복숭아

강기원

사랑은…… 그러니까 과일 같은 것 사과 멜론 수박 배 감……
다 아니고 예민한 복숭아 손을 잡고 있으면 손목이, 가슴을 대
고 있으면 달아오른 심장이, 하나가 되었을 땐 뇌수마저 송두
리째 서서히 물크러지며 상해 가는 것 사랑한다 속삭이며 서로
의 살점 뭉텅뭉텅 베어 먹는 것 골즙까지 남김없이 빨아 먹는
것 앙상한 늑골만 남을 때까지…… 그래, 마지막까지 함께 썩
어 가는 것…… 썩어 갈수록 향기가 진해지는 것…… 그러나
복숭아를 먹을 때 사랑은 생각하지 않는 것이 좋다

《바다로 가득 찬 책》, 민음사

그러니까…… 사랑은 뭘까요? 잘 익은 과일 같은 것일까요? 달큰한 향기로 침 삼키게 하고 손이 닿으면 물크러지고 뭉텅뭉텅 베어 먹고 골즙까지 남김없이 빨아 먹는 게 사랑이면 좋겠습니다.

제인 오스틴의 소설《오만과 편견》에는 이런 말이 나옵니다.

"편견은 내가 다른 사람을 사랑하지 못하게 하고, 오만은 다른 사람이 나를 사랑할 수 없게 만든다."

오만과 편견에 갇혀 있으면 누구라도 사랑을 할 수 없습니다. 누구나 사랑하고 싶다고 말하지만, 뭉텅뭉텅 베어 먹히기는 두려운 일입니다. 내 살은 가만히 두고 남의 살만 베어 먹자고 나선다면 그 곁에 머물 사랑은 없을 겁니다. 온전히 자기를 내어주는 것. 그게 사랑이니까요.

적막한 식욕

박목월

모밀묵이 먹고 싶다.

그 싱겁고 구수하고

못나고도 소박하게 점잖은

촌 잔칫날 팔모상床에 올라

새 사돈을 대접하는 것.

그것은 저문 봄날 해질 무렵에

허전한 마음이

마음을 달래는

쓸쓸한 식욕이 꿈꾸는 음식.

또한 인생의 참뜻을 짐작한 자의

너그럽고 넉넉한

눈물이 갈구渴求하는 쓸쓸한 식성食性.

아버지와 아들이 겸상兼床을 하고

손과 주인이 겸상을 하고

산나물을

곁들여놓고

어수룩한 산기슭의 허술한 물방아처럼

슬금슬금 세상 애기를 하며

먹는 음식.

그리고 마디가 굵은 사투리로

은은하게 서로 사랑하며 어여삐 여기며

그렇게 이웃끼리

이 세상을 건느고

저승을 갈 때,

보이소 아는 양반 앙인기요

보이소 웃마을 이생원李生員 앙인기요

서로 불러 길을 가며 쉬며 그 마지막 주막에서

걸걸한 막걸리 잔을 나눌 때

절로 젓가락이 가는

쓸쓸한 음식.

《구름에 달가듯이 가는 나그네》, 시인생각

메밀묵을 먹으며 아버지 생각을 합니다. 싱겁고 구수하고 못나고도 소박하게 점잖은 메밀묵과 아버지의 삶이 닮아 가슴이 먹먹해집니다. 아버지는 아버지라는 이름 때문에 외로웠겠지요. 당신께서 홀로 느꼈을 적막하고 쓸쓸한 마음으로 아버지를 추억합니다. 투박하게 썬 메밀묵이 있어도 다시는 아버지와 겸상을 못하게 되었지만 함께했던 시간으로 되돌아가 생각의 겸상에 마주 앉겠습니다. 이별이 그처럼 빨리 들이닥칠 줄 몰랐기에 더 많은 시간이 남아 있을 거라고 생각했기에 마음을 다해 사랑하지 못한 시간에는 후회만 남습니다. 사랑은 미루는 게 아니더군요.

비에 정드는 시간

신현림

와인 같은 저녁 비가 오시네요
제 팔이 고무줄처럼 늘어난다면
그대 있는 먼 곳까지 커피를 타 드리고 싶군요

바지락 얹어 손수제비를 해 드리면
수제비가 섬처럼 이쁘다 흐뭇해하실 때
제 팔이 잉어가 되어 달콤한 노래 들려주면 힘이 나시겠죠

비가 오시니 마음까지 불을 때야겠어요
우리는 나약해서 불이라도 안 때고
커피라도 안 마시면 더욱 쓸쓸해집니다

산도르 마라이의 멋진 소설 《열정》을 읽다가
우리를 이어 주는 열정은 이 비 냄새라 생각했어요
비에 정들듯 어서 그대와 정들면 좋겠어요

《침대를 타고 달렸어》, 민음사

　우연이었습니다. 하필이면 그날 갑자기 비가 왔고 그 사람을 만났고 나는 우산이 없었습니다. 그 사람이 펼쳐 든 우산을 쓰고 한참을 같이 걸었습니다. 버스 정류장까지 함께 가는 그 길이 멀어서 좋았습니다. 내 쪽으로 우산을 기울여주느라 그 사람의 왼쪽 어깨가 젖었습니다. 밤이라 붉어진 내 얼굴을 그 사람이 보지 못하는 게 좋았습니다. 쑥스러워서 할 말을 찾지 못했지만 혼자서 미소를 지었습니다. 모든 게 다 좋았습니다.

　비 때문이었을까요? 아니면 남몰래 지니고 있었던 그 사람을 향한 감정 때문이었을까요? 한참을 걸어 닿은 버스 정류장. 그 사람이 말했습니다.

　"커피 한 잔 마실래요?"

그 사람과 뜨거운 아메리카노를 사이에 두고 마주 앉으니 마음이 따뜻해졌습니다. 멸치 국물을 진하게 우려내서 끓인 수제비를 좋아한다는 그 사람 이야기를 들으며 함께 수제비를 먹으면 좋겠다 싶었지요. 처마를 타고 딩동거리는 빗소리를 들으며 하얀 섬 같은 수제비를 먹을 수 있다면…… 상상하는 사이에 이 시를 떠올렸습니다.

비에 정들듯 그 사람과 정들면 좋겠지만 그렇지 않더라도 비가 오는 날이면 나란히 걸었던 우산 속 그 길이 생각날 것을 압니다. 그래서 비 오는 날은 늘 행복할 거라는 것도요. 어느새 비와 정이 들고 말았습니다.

비굴 레시피

안현미

재료

비굴 24개 / 대파 1대 / 마늘 4알

눈물 1큰술 / 미증유의 시간 24h

만드는 법

1. 비굴을 흐르는 물에 얼른 흔들어 씻어낸다.

2. 찌그러진 냄비에 대파, 마늘, 눈물, 미증유의 시간을 붓고
   팔팔 끓인다.

3. 비굴이 끓어서 국물에 비굴 맛이 우러나고 비굴이 탱글탱
   글하게 익으면 먹는다.

그러니까 오늘은

비굴을 잔굴, 석화, 홍굴, 보살굴, 석사처럼

영양이 듬뿍 들어 있는 굴의 한 종류로 읽고 싶다

생각건대 한순간도 비굴하지 않았던 적이 없었으므로

비굴은 나를 시 쓰게 하고

사랑하게 하고 체하게 하고

이별하게 하고 반성하게 하고

당신을 향한 뼈 없는 마음을 간직하게 하고

그 마음이 뼈 없는 몸이 되어 비굴이 된 것이니

그러니까 내일 당도할 오늘도

나는 비굴하고 비굴하다

팔팔 끓인 뼈 없는 마음과 몸인

비굴을 당신이 맛있게 먹어준다면

《곰곰》, 걷는사람

굴 좋아하세요? 찬바람이 불면 굴에 알이 차고 맛이 듭니다. 영양이 풍부하고 맛도 좋아서 사랑받는 굴을 먹기에 앞서서, 색다른 굴, 비굴을 맛보겠습니다.

비굴하시겠습니까? 말도 안 되는 소리지요. 맞습니다. 비굴하고 싶은 사람은 없을 겁니다. 불의와 당당하게 맞서고 싶으실 겁니다. 하지만 현실 속의 우리는 자주 비굴을 삼켜야 합니다. 한 후배는 직장 상사의 말도 안되는 업무 처리 방식에 항의하고 싶지만 비굴 한 스푼을 꿀꺽 삼키고 나서는 웃는 얼굴로 상사와 마주 본다고 합니다.

콜센터에서 일하는 친구는 전화를 건 고객이 다짜고짜 반말을 하더라도 상냥한 목소리도 응대를 해야 한다고 합니다. 그 말도 안 되는 상황을

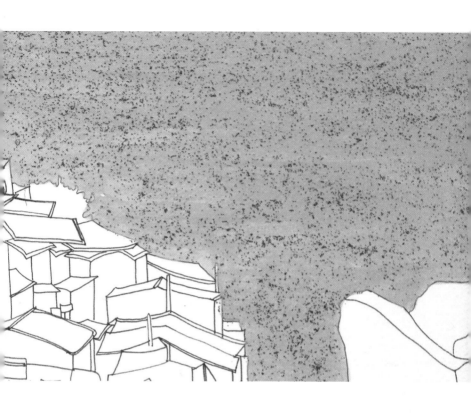

참을 수 있었던 것 역시, 비굴이 있었기 때문입니다.

　사랑에서도 비굴은 중요한 재료입니다. 사랑에 깊이 빠져 있을수록 자주 비굴을 요리합니다. 상대의 안색을 살피고, 눈빛을 헤아리는 것. 좋아하는 것을 챙겨주고, 싫어하는 것은 피하는 마음. 그리고 보니 비굴은 배려나 헤아림의 또 다른 이름이기도 한 것 같습니다. 한순간도 비굴하지 않았던 적이 없었다는 시인은 그 비굴이 시를 쓰게 했다고 말합니다. 우리의 아버지, 어머니들은 그 비굴로 시 대신 자식들을 길렀습니다.

　비굴하기 싫지만 비굴할 수밖에 없는 지금을 잘 살기 위해서 오늘의 요리를 시작해볼까요? 주재료는 맛있는 비굴입니다.

고백을 하고 만다린 주스

이제니

고백을 하고 만다린 주스
달콤 달콤 부풀어오른다
달콤 달콤 차고 넘친다

액체에게 마음이 있다면 무슨 말을 할까
당신은 당신을 닮은 액체를 가지고 있나요
당신은 당신을 닮은 액체에게 무슨 말을 하나요

고백을 하고 돌아서서 만다린 주스
고백을 들은 너는 허리를 숙여 구두끈을 고쳐맨다
고백과 함께 작별이 시작되는 경우는 얼마나 될까요

액화되었습니다
액화되었습니다

나는 만다린 주스를 응원하고
만다린 주스는 나를 응원하지만

만다린 주스는 울적하게 달콤 달콤
울적 울적하게 줄어들며 달콤 달콤

가만히 오른손을 가슴에 얹고
어제의 고백으로부터 달아나고 싶은 심정

우리에겐 식탁과 의자와 바닥과 불안과
어제보다 조금 더 맑거나 조금 덜 맑은 액체가 있었다

고백을 하고 만다린 주스
달콤 달콤 다시 부풀어오른다
달콤 달콤 다시 차고 넘칠 때까지

《아마도 아프리카》, 창비

짝사랑을 끝내는 법, 그건 바로 고백입니다. 고백을 한 후 받아들여진다면 사랑을 시작하면 되고, 거절당한다면 그 아무리 고귀한 사랑이라도 접어야 하는 거지요. 고백에 대해 심각하게 고민했던 날이 있습니다. 그러면서 여러 가지 시나리오를 썼습니다.

1. 고백을 한다 : 고백이 받아들여져서 사랑을 하지만 결국 헤어져서 다시는 못 만난다.

2. 고백을 한다 : 고백이 받아들여지지 않아 다시는 못 만난다.

3. 고백을 안 한다 : 평생 친구로 남는다.

그렇게 평생 친구를 꿈꾸며 사랑의 감정을 숨기고 고백도 안 했는데, 대학을 졸업한 후로 연락이 끊겼고 지금은 이름도 잊어버렸습니다. 고백을 했더라면 그 시간이 달콤한 기억으로 저장됐을 것 같아 생각할수록 아쉽습니다. 오래 살아도 100년도 못 살고 딱 한 번뿐인 인생입니다. 고백하고 싶은 사람이 있나요? 마음을 꺼내서 그 사람 앞에 활짝 펼쳐놓으세요. 사랑한다고 고백을 하고 만다린 주스를 마시면서 예쁜 사랑을 시작할 시간, 바로 지금입니다.

평상이 있는 국숫집

문태준

평상이 있는 국숫집에 갔다

붐비는 국숫집은 삼거리 슈퍼 같다

평상에 마주 앉은 사람들

세월 넘어온 친정 오빠를 서로 만난 것 같다

국수가 찬물에 헹궈져 건져 올려지는 동안

쯧쯧쯧쯧 쯧쯧쯧쯧,

손이 손을 잡는 말

눈이 눈을 쓸어주는 말

병실에서 온 사람도 있다

식당 일을 손 놓고 온 사람도 있다

사람들은 평상에만 마주 앉아도

마주 앉은 사람보다 먼저 더 서럽다

세상에 이런 짧은 말이 있어서

세상에 이런 깊은 말이 있어서

국수가 찬물에 헹궈져 건져 올려지는 동안

쯧쯧쯧쯧 쯧쯧쯧쯧,

큰 푸조나무 아래 우리는

모처럼 평상에 마주 앉아서

《가재미》, 문학과지성사

080

평상이 있는 국숫집에 가고 싶습니다. 모르는 사람과 등을 지고 앉아서 국수를 기다리고 싶습니다. 맞은편에 앉은 누군가는 국수를 먹습니다. 국수를 젓가락에 야무지게 감아 올려 입에 넣습니다.

쯧쯧쯧쯧

그래, 얼마나 힘들었느냐고 손을 잡는 말이 흘러나오고

쯧쯧쯧쯧

괜찮다고 눈물을 닦아주는 말이 귀에 와서 닿습니다.

쫄깃하면서도 부드러운 국수를 먹으며

쯧쯧쯧쯧

마음이 마음을 다독이는 말을 하고 싶습니다. 국수는 혼자보다는 여럿이 함께 먹기 좋은 음식입니다. 그대가 와준다면 더 좋겠습니다. 멸치 육수를 진하게 우려내고 묵은지를 송송 썬 후에 양념을 더해 고명도 만들겠습니다.

쯧쯧쯧쯧

입맞춤하듯 소면을 먹다가 문득 고개를 들어 마주 보고, 시답잖은 얘기에도 깔깔대고, "많이 먹어." 추임새를 더하는 이 시간은 한번 흘러가고 나면 다시 오지 않습니다.

언제나 '다음'을 기약하지만, '다음'은 쉽게 만들어지지 않는 기회입니다. 다음을 기약하는 건 어쩌면 헛된 바람 같은 겁니다. 그러니, '다음에' 말고 '지금' 마주 앉아 국수를 드세요.

쯧쯧쯧쯧

마음을 어루만지는 맛있는 말을 건네면서 '지금'의 사랑을 누리세요.

설렁탕과 로맨스

정끝별

처음 본 남자는 창밖의 비를 보고

처음 본 여자는 핸드폰의 메씨지를 보네

남자는 비를 보며 순식간에 여자를 보고

여자는 메씨지 너머 보이는 남자를 안 보네

물을 따른 남자는 물통을 밀어주고

파와 후추와 소금을 넣은 남자는 양념통을 밀어주네

마주앉아 한번도 마주치지 않는 허기

마주앉아 한번 더 마주보는 허방

하루 만에 먹는 여자의 국물은 느려서 헐렁하고

한나절 만에 먹는 남자의 밥은 빨라서 썰렁하네

남자는 숟가락을 놓고 자리에서 일어나고

여자는 숟가락을 들고 늦도록 국물을 뜨네

깜빡 놓고 간 우산을 찾으러 온 남자는

여전한 여자를 처음처럼 한번 더 보고

혼자 남아 숟가락을 들고 있는 여자는

가는 남자를 처음처럼 한번도 안 보고

그렇게 한번 본 여자의 밥값을 계산하고 사라지는 남자와

한번도 안 본 남자의 얼굴을 계산대에서야 떠올려보는 여자가

단 한번 보고 다시는 보지 못할 한평생과

단 한번도 보지 못해 영원히 보지 못할 한평생이

추적추적 내리네 만원의 합석 자리에

시월과 모래내와 설렁탕집에

《와락》, 창비

　누구나 로맨스를 꿈꾸지만 현실에서의 로맨스는 드라마 속에만 존재하
는 이야기입니다. 낯선 여자가 낯선 남자와 테이블을 사이에 두고 합석을
했습니다. 두 사람은 같이 밥을 먹었지만 아무런 말도 없이 헤어집니다.

　다음 날 두 사람이 또 우연히 만납니다. 남자는 여자의 밥값을 계산해
주고 사라집니다. 그다음 날 두 사람은 또다시 만나고, 이것은 필연이라며
사랑에 빠집니다. 하지만 현실에서의 사랑은 다릅니다. 우연히 만난 두 사
람이 다시 만날 확률부터 희박합니다. 그럼에도 불구하고 현실의 여자와
남자도 만나고 사랑을 합니다.

　세상의 모든 연인에게는 서로 다른 사랑의 방식이 있습니다. 설렁탕처
럼 오랜 시간 우려낸 사랑, 아이스크림처럼 달콤하지만 금방 녹아버리는
사랑, 잘 구워낸 쿠키처럼 고소하지만 좀 딱딱한 사랑, 솜사탕처럼 허망한
사랑, 전복죽처럼 속 편한 사랑도 있습니다.

　사랑은 상상하는 것만으로도 마음에 분홍물이 듭니다. 이렇게 좋은데
왜 사랑하지 않는 걸까요? 부디 사랑하세요. 진심을 다해 사랑하고, 가슴
에서 출렁이는 사랑의 말을 입 밖으로 꺼내서 자주자주 들려주세요. 말하
지 않고, 표현하지 않고 마음에만 담아둔 사랑은 사랑을 깨뜨리는 독이 될
수도 있습니다.

봄비

박형준

　당신은 사는 것이 바닥으로 내려가는 것과 비슷하다고 했다.
내게는 그 바닥을 받쳐줄 사랑이 부족했다. 봄비가 내리는데,
당신과 닭백숙을 만들어 먹던 겨울이 생각난다. 나를 위해 닭
의 내장 안에 쌀을 넣고 꿰매던 모습. 나의 빈자리 한 땀 한 땀
깁는 당신의 서툰 바느질. 그 겨울 저녁 후후 불어 먹던 실 달
린 닭백숙.

《생각날 때마다 울었다》, 문학과지성사

사랑이 공평하면 좋겠습니다. 내가 사랑하는 만큼 그 사람이 나를 사랑하고 내가 배려하는 만큼 그 사람도 나를 배려하고 내가 듣고 싶은 말을 그 사람에게 들려주면 그만큼 다정한 대답이 귓가에 울리는 것.

탁구를 치듯 주고받는 사랑

시소를 타듯 주고받는 마음

서로 다른 두 사람이 사랑을 할 때는 사이좋은 주고받음이 있으면 좋겠습니다. 어느 한쪽이 상처받지 않았으면 좋겠습니다. 서로의 마음을 저울에 달듯 똑같이 나눌 수는 없지만 상대가 서운함을 느끼지 않도록 다정하게 보듬어줄 수 있으면 좋겠습니다.

닭의 배 속에 쌀을 넣고 한 땀 한 땀 깁던 서툰 바느질이 생각나는 밤에 시인은 받은 만큼 주지 못한 미안함을 시에 담아냈습니다. 어디선가 우연히, 서툰 바느질의 당신이 이 시를 읽는다면 그때의 서운함을 덜어내고 봄비 같은 미소를 지어주세요. 꼭 그랬으면 좋겠습니다.

포도밭으로 오는 저녁

김선우

포도밭에 갔습니다
포도 철의 마지막 무렵이었습니다
포도밭 할머니가 전지가위와 바구니를 내주며
손수 담아오라 하였습니다
바구니를 건네주는 손바닥에 못이 많았습니다

십자가를 등짐 지고 야위어가는
포도나무 못자국 난 손바닥을 들여다보다
나는 자꾸 헛가위질을 하고……
조심조심 걸어 들어온 포도밭 할머니가
단번에 잘라내야 덜 아프다고
가만히 일러주고 갔습니다
낡은 플란넬 앞치마에서
향유 냄새가 나는 듯하였습니다
못이 많은 늙은 손이
포도나무 발등을 쓰다듬고 갔습니다

바구니 속은 동굴처럼 어둡고 깊어
나는 자꾸 헛가위질을 하고……
소스라치며 질겨진 포도나무 그늘로

향유 단지를 들고 오는 저녁이 보였습니다

포도나무가 흘린 피로 흥건하여진

포도밭 이랑이 따스하였습니다

《도화 아래 잠들다》, 창비

　십자가를 지고 골고다 언덕을 오르시고 못 박혀 돌아가시고 부활하신 그분을 생각하며 무릎을 꿇습니다. 성호를 그어 마음에 그분을 모십니다. 이런 믿음을 가졌다는 게 너무도 감사합니다. 사랑하는 나의 그분. 생각해보면, 언제나 그분 날개 아래로 몸을 피하며 살아왔습니다. 그분이 흘린 피를 통해 죄를 용서받고 평화를 얻습니다.

　이 시를 읽으며 포도나무 아래서 십자가 등짐 지고 야위어가는 나의 그분을 만납니다. 우리를 위해 모든 것을 희생한 그분처럼 뜨거운 여름을 견뎌내고 얻은 열매를 아낌없이 내주는 포도나무의 희생 앞에 자꾸 헛가위질을 할 수밖에 없었던 시인의 마음을 헤아립니다.

　어떤 종교이든 자신에게 맞는 종교를 가지시기 바랍니다. 그리고 그것을 통해서 얻을 수 있는 마음의 평화를 마음껏 누리셨으면 좋겠습니다.

평양냉면

열두 살 때, 아버지 손에 이끌려 요선동 평양냉면을 첨 먹어
봤다. 친구가 없던 아버지는 복더위에 삼계탕이나 개고기를 드
실 때 꼭 날 데려갔다. 냉면 맛은 참 밍밍했다. 아버지 인생이
그랬다. 전쟁 통에 청각이 포격 소리와 함께 진흙탕에 묻혔다.
낚시찌처럼 강물 위에서 말없이 흔들리는 게 인생이었다.

사랑이랍시고 절망에 몸부림치거나 시대에 모든 걸 바친다
고 유치장과 감옥을 들락거렸으니, 꽤나 드라마틱한 삶 같지만
결국은 고만고만한 게 인생이다. 분노도 삭고 열등감 따위 아
무것도 아니란 걸 알았을 때 냉면집 문턱이 닳도록 다니게 되
었다. 양념 하나 없는 투명한 육수가 오래된 친구들 같아서 낮
술에 자주 쓰러지던 시절, 전투력 없이도 툭툭 끊어지는 면발
앞에서 자주 무너지던 나이였다. 참으로 밍밍한 게, 뭐가 잘난
지도 모르게 된 내 맘 같았다.

서른일곱 살 때, 첨 대동강변에서 평양냉면을 먹어봤다. 유산
한 푼 없이 낚싯대 몇 개 남기고 간 아버지의 인생, 가끔이었지
만 그 원망스러운 날들이 밍밍하게 희석되는 경험을 하고 말았
다. 인생과 인생이 만나서 얼마나 더 질기게 한을 남겨놓겠는
가. 고명들처럼 소박하게 어울리는 게 인생이다. 우리만 한 마

음이 수두룩한 평양이었다.

《장촌냉면집 아저씨는 어디 갔을까?》, 실천문학사

평양냉면, 좋아하세요? 슴슴하고 밍밍한 맛의 평양냉면은 극명하게 호불호가 갈리는 음식 중 하나예요. 기대했던 것만큼 실망의 쓰나미가 몰려들기도 하죠. 그런데 이게 한번 맛을 들이면 자꾸만 생각나는 별난 음식입니다.

한국전쟁 후 고향을 떠나온 평안도 사람들에게 평양냉면은 고향의 맛이면서 어머니 그 자체였을 겁니다. 하지만 어린 소년에게는 참으로 난감한 맛이었겠지요. 전쟁 통에 청각을 잃어버린 아버지. 강물 위에서 말없이 흔들리는 낚시찌처럼 고요하게 생을 이어가는 아버지를 보면서 소년은 다른 삶을 꿈꿉니다. 아버지처럼은 살지 않겠다는 생각으로 드라마틱한 삶을 선택했지만 세상은 그리 호락호락하지 않았습니다.

사랑 때문에 몸부림치고 시대를 위해 많은 걸 바친 후 고만고만한 게 인생이라는 것을 아는 나이가 되어, 세상을 떠난 아버지 대신 아버지의 땅에서 고향을 맛봅니다. 후루룩 ─ 냉면을 삼키며, 아버지가 애틋하게 그리워져 가슴이 저몄을 겁니다. 그러면서 아들을 떠올렸을 겁니다. 이제 아버지와 같이 먹던 평양냉면을 아들과 먹겠지요.

밀가루 반죽

한미영

냉장실 귀퉁이
밀가루 반죽 한 덩이
저놈처럼 말랑말랑하게
사는 게 어디 쉬운 일인가

동그란 스텐그릇에
밀가루와 초면初面의 물을 섞고
내외하듯 등 돌린 두 놈의 살을
오래도록 부비고 주무른다
우툴두툴하던 사지의 관절들 쫀득쫀득해진다
처음 역하던 생내와
좀체 수그러들지 않던 뻣뻣한 오기도
하염없는 시간에 팍팍 치대다보면
우리 삶도 나름대로 차질어 가겠지마는

서로 다른 것이 한 그릇 속에서
저처럼 몸 바꾸어 말랑말랑하게
사는 게 어디 그리 쉬운 일인가

《물방울무늬 원피스에 관한 기억》, 문학세계사

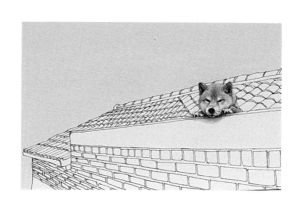

　결혼 생활은 한마디로 밀가루 반죽이었습니다. 어쩌자고 시작했을까요? 하얗고 부드럽고, 후— 불면 날아가는 고운 밀가루로 살지, 동그란 스텐 그릇에는 왜 뛰어들었을까요? 물이 부어진 후 뒤섞여 하나가 된다는 게 이렇게 힘들 줄은 몰랐던 거겠지요.

　고운 가루가 한 덩이 반죽으로 완성되기까지 울기도 많이 울고 싸우기도 많이 싸우고 고함을 지르던 날도 셀 수 없습니다. 그 시간들로 꽉꽉 치대 완성한 말랑말랑한 반죽. 자, 이제 어떡할까요?

　국수를 삶을까요?

　빵을 구울까요?

물맛

장석남

물맛을 차차 알아간다
영원으로 이어지는
맨발인,

다 싫고 냉수나 한 사발 마시고 싶은 때
잦다

오르막 끝나 땀 훔치고 이제
내리닫이, 그 언덕 보리밭 바람 같은,

손뼉 치며 감탄할 것 없이 그저
속에서 훤칠하게 뚜벅뚜벅 걸어나오는,
그 걸음걸이

내 것으로도 몰래 익혀서
아직 만나지 않은, 사랑에도 죽음에도
써먹어야 할

훤칠한
물맛

《뺨에 서쪽을 빛내다》, 창비

096

물맛 같은 사랑은 어떤 사랑일까요? 평생을 함께 살아온 노부부의 사랑을 떠올렸습니다. 가장 아름다운 꽃 시절에 만나서 사랑에 빠지고 결혼을 한 두 사람은 꿀처럼 달콤한 나날을 꿈꾸지만, 세상살이는 만만치 않고 뜻대로 되는 일이 없다는 것을 확인합니다. 단맛, 짠맛, 매운맛을 거쳐서 쓴맛을 알아가며 부부라는 이름은 더 견고해집니다.

저금을 하듯 함께하는 시간이 쌓이며 부부는 많은 것들을 공유합니다. 아이의 첫 걸음마에 기뻐하고 하는 일이 잘되기를 기도해주고 월세에서 전세로 옮겨 이사를 한 날은 서로를 뿌듯해하기도 합니다.

사랑과 다툼, 고마움과 서운함, 기쁨과 슬픔, 괴로움과 즐거움……. 수없이 많은 감정을 오가며 두 사람은 주전자에 담긴 물처럼 펄펄 끓어오르기도 하고 차갑게 식었다가 미적지근했다가 꽁꽁 얼기도 하고 또 시원하게 갈증을 썻어주기도 합니다.

오랜 세월이 흘러 백발을 머리에 이고 서로를 안쓰러워하는 나이가 된 두 사람이 서로에게 연민의 눈빛을 보내며 시원하고 맑은 물맛으로 마주했습니다. 서로의 손을 잡고 천천히 걸어가는 노부부에게서 훤칠한 사랑을 봅니다. 아름답습니다.

한솥밥

기껏 싸준 도시락을 남편은 가끔씩 산에다 놓아준다

산새들이 와서 먹고 너구리가 와서 먹는다는 도시락

애써 싸준 것을 아깝게 왜 버리냐

핀잔을 주다가

내가 차려준 밥상을 손톱만한 위장 속에 그득 담고

하늘을 나는 새들을 생각한다

내가 몇 시간이고 불리고 익혀서 해준 밥이

날갯죽지 근육이 되고

새끼들 적실 너구리 젖이 된다는 생각이

밥물처럼 번지는 이 밤

은하수 물결이 잔잔히 고이는

어둠 아래

둥그런 등 맞대고

나누는 한솥밥이 다디달다

《밥이나 한번 먹자고 할 때》, 문학동네

　남편은 아내가 싸준 도시락을 산새들, 너구리와 나눠 먹습니다. 그 나눔을 익히 알기에 푸짐하고 넉넉한 도시락이겠지요. 아내는 겉으로는 타박을 하고 핀잔을 주지만 내가 지은 밥이 살려낼 생명을 생각하면 참 뿌듯할 것 같습니다.

　이 시를 읽으니 떠오르는 일이 있습니다. 지나가는 까마귀도 불러서 밥을 먹일 만큼 인정이 많았던 아버지는 도심에서 살아가는 참새들이 안쓰럽다며 매일 아침 쌀 한 줌과 남은 밥을 마당에 내놓았습니다. 처음에는 참새들만 드나들더니 얼마쯤 지나서는 박새와 직박구리, 비둘기까지 온 동네 새들이 아버지가 내어주는 한솥밥을 먹으러 왔습니다. 여리고 약한 것을 챙기는 아버지의 따뜻한 마음에 덩달아 내 마음도 푸근해지곤 했었지요.

　우리 가족 카톡방 이름도 '한솥밥'입니다. 짜증 나고 화나는 일이 있어도 한솥밥에 담긴 대화를 읽으면 마음이 풀립니다. 우리는 어떤 인연으로 한솥밥을 이루게 되었을까요? 특별한 한솥밥을 나눠 먹으며 웃고, 울고, 싸우고, 사랑할 수 있음에 감사합니다.

　우리는 오늘도 한솥밥을 먹습니다. 반찬은 환한 미소입니다. 이 행복이 오래오래 길었으면 좋겠습니다.

누군가 나에게 물었다

김종삼

누군가 나에게 물었다. 시가 뭐냐고

나는 시인이 못됨으로 잘 모른다고 대답하였다.

무교동과 종로와 명동과 남산과

서울역 앞을 걸었다.

저녁녘 남대문 시장 안에서

빈대떡을 먹을 때 생각나고 있었다.

그런 사람들이

엄청난 고생 되어도

순하고 명랑하고 맘 좋고 인정이

있으므로 슬기롭게 사는 사람들이

그런 사람들이

이 세상에서 알파이고

고귀한 인류이고

영원한 광명이고

다름 아닌 시인이라고.

《김종삼 시선》, 지식을만드는지식

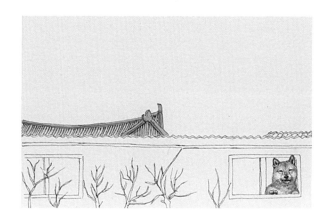

시가 나를 살렸다는 생각을 했던 적이 있습니다. 스무 살의 나에게 세상은 비극이었습니다. 더불어 나 자신은 비극의 클라이맥스였습니다. 불확실한 미래는 두려움이었고 사랑은 잔인하기만 했죠. 그 시간을 오직 시에 기대 살았습니다.

중학교 1학년 때 우연히 시를 만났고 시가 뭔지도 모르면서 사랑에 빠졌습니다. 시로 인해 세상을 다 가진 듯 행복하기도 했지만 허방에 빠져 넘어지기도 했고 가짜를 만나 쓴웃음을 지은 적도 있습니다.

오랫동안 〈시 콘서트〉 작가로 일하면서 느끼는 가장 큰 기쁨은 시를 대하는 청취자들의 생각의 변화입니다. 첫 방송을 시작하고 나서 한 1년쯤은 '시는 어려운 거라고 생각했는데, 참 좋네요.' 이런 문자 사연이 주를 이뤘다면, 최근엔 '위로를 받았어요. 시를 통해 마음이 치유됩니다.' 같은 사연이 대부분입니다. 큰 변화지요. 청취자들이 보내주는 문자에서 삶이 녹아 있는 참된 시를 만나면 종일 기분이 좋습니다.

삶이 아무리 고되어도 순하고 명랑하고 맘 좋고 인정이 있어 슬기롭게 사는 사람들. 치열하게 삶과 싸우면서 최선을 다해 하루하루를 살아가는 청취자들이야말로 이 세상에서 알파이고 고귀한 인류이고 영원한 광명이고 다름 아닌 시인입니다.

3장

인생맛 詩
—
간장, 소금, 설탕, 된장, 고추장,

인생의 기본 맛

○ 간장 맛

어떤 항아리

나희덕

이건 금이 간 항아리면서

금이 갔다고 말할 수 없는 항아리

손가락으로 퉁겨보면

그런 대로 맑은 소리를 내고

물을 담아보아도 괜찮다

그런데 간장을 담으면 어디선가 샌다

간장만 통과시키는 막이라도 있는 것일까

너무나 짜서 맑아진,

너무 오래 달여서 서늘해진,

고통의 즙액만을 알아차리는

그의 감식안

무엇이든 담을 수 있지만
간장만은 담을 수 없는,
뜨거운 간장을 들이붓는 순간
산산조각이 나고 말 운명의,

시라는 항아리

《그곳이 멀지 않다》, 문학동네

'간장을 끓입니다.'

'간장을 태웁니다.'

둘 다 간장이지만 서로 다른 간장입니다. 끓인 간장은 소금물에 메주를 담가 우려낸 검은 액체를 말하고 태운 간장은 마음을 말합니다. 너무 짜서 맑아진, 오래 달여 서늘해진 고통의 즙액은 어느 쪽의 간장일까요?

예전에는 집집마다 간장을 담가 먹었어요. 커다란 솥에 노란 콩을 삶아서 메주를 쑤고 처마 끝에 매달아 말렸습니다. 어느 날 방으로 들어온 메주는 퀴퀴한 냄새를 뿜어대면서 식구처럼 한 방에서 뒹굴며 겨울을 났지요. 새로 봄이 오면 소금물에 메주를 띄워서 간장을 담갔습니다. 숯 몇 조각과 붉은 고추도 챙겨 넣곤 했어요. 그리고 두 달쯤 지나 메주를 건져내고 나서는 간장을 달였습니다.

오랜 시간을 뜨거운 불길을 견디고 나서도 간장은 맛을 내지 못합니다. 햇볕에 몸을 말리며 간장이 되기 위해 침묵하는 시간을 가져야 합니다. 묵 언수행 중인 간장에 소나기라도 들이치면 애를 태우며 다시 간장을 달이 는 수고를 아끼지 않았습니다. 애지중지 마음을 쓰고 지극정성을 다해야 간장은 제대로 맛이 듭니다. 맑아지고 서늘해지고 짠맛 속에 감칠맛과 단 맛이 깃듭니다.

사람도 그렇지요. 나 자신에게 집중하던 십 대를 지나 사랑에 목숨 거 는 이십 대를 거치고, 혼돈과 같은 삼십 대를 건너고 불혹의 사십 대에 수 많은 유혹을 견디면서 세월과 함께 익어 깊어지고 넓어집니다. 수도 없이 애간장이 타고 애간장이 녹으며 여유로워지고 넉넉해지기도 하겠지요. 그렇게 오늘보다 더 익은 내일의 나를 기대해봅니다.

눈물은 왜 짠가

함민복

지난여름이었습니다 가세가 기울어 갈 곳이 없어진 어머니를 고향 이모님 댁에 모셔다 드릴 때의 일입니다 어머니는 차시간도 있고 하니까 요기를 하고 가자시며 고깃국을 먹으러 가자고 하셨습니다 어머니는 한평생 중이염을 앓아 고기만 드시면 귀에서 고름이 나오곤 했습니다 그런 어머니가 나를 위해 고깃국을 먹으러 가자고 하시는 마음을 읽자 어머니 이마의 주름살이 더 깊게 보였습니다 설렁탕집에 들어가 물수건으로 이마에 흐르는 땀을 닦았습니다

"더울 때일수록 고기를 먹어야 더위를 안 먹는다 고기를 먹어야 하는데…… 고깃국물이라도 되게 먹어둬라"

설렁탕에 다대기를 풀어 한 댓 숟가락 국물을 떠먹었을 때였습니다 어머니가 주인아저씨를 불렀습니다 주인아저씨는 뭐 잘못된 게 있나 싶었던지 고개를 앞으로 빼고 의아해하며 다가왔습니다 어머니는 설렁탕에 소금을 너무 많이 풀어 짜서 그런다며 국물을 더 달라고 했습니다 주인아저씨는 흔쾌히 국물을 더 갖다 주었습니다 어머니는 주인아저씨가 안 보고 있다 싶어지자 내 투가리에 국물을 부어 주셨습니다 나는 당황하여 주인아저씨를 흘금거리며 국물을 더 받았습니다 주인아저씨는 넌지시 우리 모자의 행동을 보고 애써 시선을 외면해주는 게 역력했습니다 나는 그만 국물을 따르시라고 내 투가리로 어머니

투가리를 툭, 부딪쳤습니다 순간 투가리가 부딪치며 내는 소리가 왜 그렇게 서럽게 들리던지 나는 울컥 치받치는 감정을 억제하려고 설렁탕에 만 밥과 깍두기를 마구 씹어댔습니다 그러자 주인아저씨는 우리 모자가 미안한 마음 안 느끼게 조심, 다가와 성냥갑만 한 깍두기 한 접시를 놓고 돌아서는 거였습니다 일순, 나는 참고 있던 눈물을 찔끔 흘리고 말았습니다 나는 얼른 이마에 흐른 땀을 훔쳐내려 눈물을 땀인 양 만들어놓고 나서, 아주 천천히 물수건으로 눈동자에서 난 땀을 씻어냈습니다 그러면서 속으로 중얼거렸습니다

눈물은 왜 짠가

《눈물은 왜 짠가》, 책이있는풍경

이 시는 읽을 때마다, 행과 행을 따라 눈물이 출렁거립니다. 그리고 그 눈물은 부패를 막아주는 소금처럼 세파에 찌든 마음을 정화해줍니다. 인생이라는 게 그렇습니다. 사는 게 쉽지 않습니다. 곤혹스럽고 암담합니다. 막막하기가 길 없는 사막을 건너가는 것처럼 힘겹습니다. 가세가 기울어 거처할 공간마저 잃어버린 어머니, 오랜 중이염으로 고기만 먹으면 귀에서 고름이 나오는 어머니가 가난한 아들의 여름 나기를 염려하며 설렁탕을 먹자고 청합니다.

식당에 들어가 마주 앉은 어머니와 아들은 말이 없습니다. 아들은 먼 산에 눈을 두고 있고 어머니는 딴청 부리는 듯 아들을 살핍니다. 내심 꺼칠한 얼굴이 안쓰러웠겠지요. 그 마음이 아들의 뚝배기에 설렁탕 국물을 가득 붓게 했을 겁니다. 소금을 많이 넣어 짜다는 핑계로 조금 더 얻은 국물까지 말이죠.

자식을 위해서라면 온전히 모든 것을 내어주는 어머니. 넘치도록 부어주는 그 사랑이 바닷물에서 건져 올린 깨끗한 소금처럼 우리의 영혼을 맑게 합니다.

설탕은 모든 것을 치료할 수 있다

최치언

우울한 날에는 당나귀처럼 설탕을 씹으세요

찬장을 뒤져서라도 설탕을 찾으세요

빠른 길은 동네 슈퍼에 가면 돼요

젖은 두루마리 화장지 같은 주인에게도 설탕을 권하세요

보건청에서 나온 사람처럼 잔뜩 뒷짐을 지고

아! 하면 아! 하세요 그럼 희망을 넣어드리지요 하세요

시든 장미꽃에게도 설탕물을 주세요

썩은 이빨 사이에 설탕을 솜처럼 끼고 웃으세요

자 저를 따라 해보세요

설탕은 모든 것을 치료할 수 있다

간혹, 불행이 불행을 치료할 수 없듯

설탕은 설탕의 중독을 치료할 수 없답니다― 하는 이들이 있

는데

꿀벌이 침도 가지고 있다고만 생각하세요

그것으로 인하여 퉁퉁 부르튼 날엔

또 설탕을 먹으세요

설탕이 없는 날엔 당나귀에게 조금 빌려보세요

당나귀 나라의 말로 정중하게 한 발 물러서서

먹다 남은 설탕 있습니까 아랫입술을 세차게 가로로 저어보

세요

장미꽃에 얼굴을 묻고 문을 두드리세요

슈퍼 주인에게 어제의 희망의 값을 지불해달라고 위협하세요

당신은 그 동네에서 가장 유쾌한 사람이 될 거예요

누군가 당신에게 설탕을 빌려달라면

이렇게 말하세요

설탕은 모든 것을 치료할 수 있답니다

그러나 설탕은 달콤 사르르하게 이내 녹아버리지요

《설탕은 모든 것을 치료할 수 있다》, 걷는사람

　스트레스가 마음을 휘감을 때나 배터리가 방전된 듯 피로감을 견딜 수 없을 때 설탕은 그 어떤 보약보다 좋은 약이 되어줍니다. 달달구리한 맛은 초등학교 과학 시간, 단골 준비물이던 꼬마전구에 불이 켜지듯 자그마한 빛으로 몸과 마음을 환하게 피어나게 합니다. 씁쓸한 인생, 달콤한 설탕으로 모든 것을 치료할 수 있다는 시인의 말에 '동감!'을 외칩니다.

　생각해보면, 달콤함은 늘 경계의 대상이었습니다. 달콤함이 인생을 망칠 거라는 어른들의 말에 고개를 끄덕여야 했고 인내를 강요받으며 자랐습니다. 더 나은 내일을 위해 책상 앞에서 아름다운 십 대를 흘려보냅니다. 그렇게 기대했던 이십 대에도 취업이라는 달콤함을 위해 씁쓸한 인내를 삼키고 있습니다. 달콤한 미래를 위해 쓰디쓴 인내로 현재를 견디고 있다면, 당장 당나귀를 찾아가서 설탕을 빌려도 좋겠습니다. 그리고 소소하지만 확실한 행복이 되어줄 나만의 설탕을 맛보세요.

　느긋하게 마시는 커피 한 잔에서 만나는 설탕, 아무것도 하지 않으면서 만나는 설탕, 낯선 도시를 걸으며 만나는 설탕, 맘 맞는 친구와의 폭풍 수다 중에 만나는 설탕, 그 어떤 설탕으로든 행복하다면 괜찮은 인생을 살고 있는 거예요.

항아리 속 된장처럼

이재무

세월 뜸들여 깊은 맛 우려내려면

우선은 항아리 속으로 들어가자는 거야

햇장이니 갑갑증이 일겠지 펄펄 끓는 성질에

독이라도 깨고 싶겠지

그럴수록 된장으로 들어앉아서 진득허니

기다리자는 거야 원치 않은 불순물도

뛰어들겠지 고것까지 내 살肉로

품어보자는 거야 썩고 썩다가 간과 허파가 녹고

내장까지 다 녹아나고 그럴 즈음에

햇볕 좋은 날 말짱하게 말린 몸으로

식탁에 오르자는 것이야

《몸에 피는 꽃》, 창비

이 시를 읽으니 방송 작가로 첫발을 내딛던 시절이 떠오릅니다. 아직 된장의 모습도 제대로 갖추지 못했던 첫 일 년은 소금물에 떠 있는 메주처럼 좌불안석이었습니다. 지름길을 코앞에 두고 먼 길을 빙빙 돌아가는 실수를 범했습니다. 글을 더 잘 쓰고 싶다는 생각이 낳은 부담감과 불안함으로 힘들어하면서 내가 쓴 방송 원고와 맞춰볼 정답으로 채워진 답안지가 있으면 좋겠다는 생각도 했습니다.

그렇게 삼 년쯤 시간을 보내고 나니, 햇장처럼 갑갑증이 일었습니다. 더 좋은 프로그램을 만나면 날개를 활짝 펴고 날 수 있을 것 같은데 기회가 주어지지 않는다며 속상해했던 기억이 납니다. 원치 않은 불순물도 품어내며 진득하게 견딘 시간들. 방송 경력 삼십 년을 코앞에 둔 지금, 어느 정도 익은 나를 봅니다. 이제는 어떤 재료와도 잘 어울릴 수 있을 만큼 여유로워졌다는 생각도 듭니다. 무엇과 섞여도 자신을 잃지 않고 깊은 맛을 풀어내는 된장처럼 담을 헐어내고 먼저 다가가서 시린 손을 잡아주는 따뜻한 마음으로 살아가고 싶습니다.

○ 고추장 맛

가을 햇볕

안도현

가을 햇볕 한마당 고추 말리는 마을 지나가면

가슴이 띈다

아가야

저렇듯 맵게 살아야 한다

호호 눈물 빠지며 밥 비벼먹는

고추장도 되고

그럴 때 속을 달래는 찬물의 빛나는

사랑도 되고

〈모닥불〉, 창비

매운맛을 생각하면 권투의 '훅-어퍼컷' 연타가 떠오릅니다. 강인한 선수를 쓰러뜨리는 한 방처럼 매운맛은 한 방을 품고 있어요. 사실 매운맛은 미각으로 느끼는 게 아니라 통각으로 느끼는 통증입니다. 매운 음식을 먹고 통증을 느끼는 순간, 뇌에서 통증을 사라지게 할 엔도르핀을 내보내서 기분이 좋아집니다.

하지만 인생에서 만나는 매운맛은 만만치가 않아요. 예상치 못한 방향에서 '훅-어퍼컷'으로 치고 들어오면 한동안은 정신을 차리기도 힘이 듭니다.

사람과의 관계에서 또는 하고 있는 일 때문에 예상치 못한 지독하게 매운맛 한 방을 먹었을 때는 가을 햇볕을 잔뜩 머금고 더 매워진 고춧가루와 고추장이 좋은 약이 됩니다.

호호 눈물 빠지게 매운 고추장으로 새빨간 떡볶이를 만들어서 스읍스읍 입바람을 불며 먹다 보면 송송 솟는 땀과 찔끔 흘린 눈물에 속상함과 억울함이 씻겨 내립니다.

자, 기분이 좀 좋아졌나요?
그럼 됐습니다.
오늘은 그거면 충분합니다.

된장찌개

이 구수한 맛은 어디서 오는 것인가
입천장을 살짝 데우고
한 바퀴 입속 헹궈 적신 뒤
몸 안으로 슴벅슴벅 들어가는
얼얼하고, 칼칼 텁텁하고, 매콤하며
씁쓸해하는 구성진 이것은
먼먼 조상 적부터 와서
여태도 우리네 살림을 떠나지 않고 있다
흐린 등불 아래 둥글게 모여 앉아
논밭에서 캐낸 곡물과 바다에서 난 산물과
산에서 자란 나물이 만나
우려낸 되직한 속정을
숟가락에 푹 퍼서 떠먹다 보면
바깥에서 묻혀온 냉기
햇살 만난 는개처럼 풀리고
사는 일에 까닭 없이 서느런 마음도
저만큼 세상의 윗목으로 물러나 있다
무구하고 은근하며 우직한 이것은
우리네 피의 설운 가락을 타고 온다

《경쾌한 유랑》, 문학과지성사

118

된장찌개를 한 수저 떠먹습니다. 뜨끈한 국물이 입 속을 적신 후 슴벅
슴벅 몸 안으로 스며듭니다. 얼얼하고 칼칼 텁텁하면서도 씁쓸한 된장찌
개는 냉장고 속 재료 몇 가지로 뚝딱 만들어 먹을 수 있는 음식입니다.

어린 시절, 너 나 할 것 없이 가난했던 그때 골목 안에 모여 살던 아이
들은 아침이면 학교에 가자며 서로의 이름을 불러댔습니다. 어느 겨울 아
침, 친구의 이름을 부르니 친구 대신 어머니가 나와서 잠시 들어오라고 했
습니다. 늦잠을 잤는지 친구는 그제야 아침상 앞에 앉아 찌개처럼 바특하
게 끓인 시래기된장국에 밥을 말아 먹기 시작했습니다. 친구 어머니는 기
다리는 내게도 밥을 먹으라고 권했지만 남의 집에서 밥을 먹는다는 게 쑥
스러워서 고개를 젓고 얌전히 앉아 친구를 기다렸습니다. 그런데 그 시래
기된장국 냄새가 어찌나 구수했는지 배 속에서 난데없이 천둥 소리가 터
져 나왔습니다. 누가 들을까 봐 배를 꾹꾹 눌러 꼬르륵 소리를 잠재우며
엄마한테 저 국을 끓여달래야지…… 생각했던 기억이 납니다.

오랜 시간이 흘렀고 지금은 친구의 이름도 얼굴도 전혀 기억나지 않아
요. 하지만 무엇 하나 특별할 것 없는 시래기된장국이 뿜어내던 구수한 냄
새는 잊지 못합니다. 음식은 이렇게 인생에 스며들어 함께 살아가기도 합
니다.

순대국밥집

나태주

마음 허하고
아무 곳에도 기댈 곳 없는 날은
비실비실 저녁 어스름 밟으며
시장 골목길 돌고 돌아
허름한 순대국밥집 찾아들어라

문을 밀치고 들어서자마자
달겨드는 구숫한 음식 내음새
순대국밥 안주하여 막걸리나 소주 마시며
크게 떠드는 사람들의
이야기 소리 웃음 소리
더러는 다투는 소리
그동안 내가 찾지 못하던
세상 살 재미들이 모두 여기
이렇게 깡그리 모여 있었구나

종일 두고 무쇠솥에 국물은 끓고
김은 피어오르고
시꺼매진 벽을 등에 지고
보일 듯 말 듯 웃음 짓는

주인 아낙네

순대국밥 마는 일 하나로 저토록

늙어버린 주인 아낙네

내가 그동안 잃어버린 미더운

사람 마음과 사람의 얼굴이

여기 와 이렇게 기다리고 있었구나

비록 그들은 날마다 사는 일에 지치고

생채기 받지만

저토록 씩씩하게 자신들의 하루를 잘

갈무리하고 있음이여!

《나태주 대표시 선집: 이제 너 없이도 너를 좋아할 수 있다》, 푸른길

대학 시절, 문청이던 내가 시를 사사師事했던 은사님은 순대국밥을 좋아하셨습니다. 그 시절 순대국밥집은 대부분 시장통에 있었어요. 처음으로 순대국밥집에 갔던 날이 생각납니다. 구불구불 이어진 시장 골목 끝에 있던 작은 순대국밥집에는 이미 많은 사람들이 자리를 잡고 있었습니다. 산뜻한 원피스 차림의 여대생은 나 혼자뿐인 곳이었어요.

순대국밥을 먹어본 적도 없었고 시꺼매진 탁자와 비딱한 나무 의자가 낯설었지만 쿰쿰하면서 구수한 국밥 내음이 정겹게 느껴졌습니다. 옆 테이블에서는 하루의 노동을 마친 사람들이 큰 소리로 웃기도 하고 목소리를 높여 다투기도 하면서 순대국밥을 먹고 있었습니다. 진하고 구수한 국물에 순대와 머릿고기를 푸짐하게 넣고 다진 파를 듬뿍 올린 순대국밥을 먹으며 투박하지만 속정 깊은 사람들과 닮았다는 생각이 들었습니다.

그로부터 한참 시간이 지난 어느 날 문득 순대국밥을 먹고 있는 나를 만났습니다. 답답하게 일이 잘 안 풀리는 날, 상처를 받은 날, 외로운 날, 헤어진 그 사람이 생각나는 날, 세상에게 뭇매를 맞아 후줄근해진 날……. 뜨겁고 걸쭉한 순대국밥에 막걸리 한 사발을 곁들여 먹고 나면 텅 비어 있던 마음이 훈훈하게 채워집니다. 사는 일에 지치고 생채기가 나도 씩씩하게 살아가는 그대에게 추천합니다. 순대국밥 한 그릇!

두부

두부를 보면

비폭력 무저항주의자 같다.

칼을 드는 순간

순순히 목을 내밀 듯 담담하게 칼을 받는다.

몸속 깊이 칼을 받고서도

피 한 방울 흘리지 않는다.

칼을 받는 순간, 죽음이 얼마나 부드럽고 감미로운지

칼이 두부를 자르는 것이 아니라

두부가 칼을 온몸으로 감싸 안는 것 같다.

저를 다 내어주며

칼을 든 나를 용서하는 것 같다.

물어야 할 죄목조차 묻지 않는 것 같다.

매번 칼을 들어야 하는 나는

매번 가해자가 되어 두부를 자른다.

원망 한번 하지 않는 박애주의자를

저항 한번 하지 않는 평화주의자를

두 번이고 세 번이고 죽이고 또 죽인다.

뭉텅뭉텅 두부의 주검을 토막 내어

찌개처럼 끓여도 먹고

프라이팬에 기름을 두르고 지져도 먹는다.

허기진 뱃속을 달래며

눈물 한 방울 흘리지 않는다.

《두부는 비폭력 무저항주의자》, 시인동네

비폭력 무저항주의자인 두부에게 감정이 있다면 화병火病이 단단히 들었을 텐데, 냉장고에서 꺼낸 두부는 속없이 하얗고 말랑말랑합니다.

사회생활을 하다 보면 내가 두부 같다고 생각될 때가 있습니다. 맥없이 당하고 나서도 영문을 몰랐다가, 시간이 지날수록 분한 마음이 새록새록 피어오릅니다. 기획서가 다른 사람 이름으로 제출되고 상사의 짜증을 고스란히 받아내고, 원고료가 깎이고, 한마디 상의 없이 새로운 작가가 등장하는 수모를 당하면서도 묵묵히 일을 해왔습니다. 막장 드라마에나 등장할 것 같은 어이없는 현실. 속에서는 부글부글 용암이 들끓어도 겉으로는 평정심을 잃지 않습니다. 어떤 순간에도 한 호흡을 참는 것. 그게 어른다운 삶이겠지요. 하지만 마음의 깊이가 접시 물처럼 얕아서 어른다운 삶 근처에도 못 갑니다.

작은 일에도 욱하고 잘 삐치고 투덜거리기도 하지만 오늘도 두부를 썰며 '원망 한번 하지 않는 박애주의자'이면서 '저항 한번 하지 않는 평화주의자'인 두부의 성격을 닮아보려고 애를 씁니다.

식탁

이성복

아이들이 한바탕 먹고 떠난

식탁 위에는 찢긴 햄버거 봉지와

우그러진 콜라 패트병과

입 닦고 던져놓은 종이 냅킨들이 있다

그것들은 서로를 모르고

가까이 혹은 조금 멀리 있다

아이들아, 별자리 성성하고

꿈자리 숭숭한 이 세상에서

우리도 그렇게 있다

하지만 우리를 받아들인 세상에서

언젠가 소리 없이 치워질 줄을

한번도 생각해보지 않은 것이다

《래여애반다라》, 문학과지성사

　직업을 물어서 '방송 작가'라고 대답하면 상대방의 눈은 호기심으로 반짝입니다. 화려하고 멋진 직업이라고 생각하는 분들이 많거든요. 밝고 강렬한 조명들이 찬란하게 켜진 무대가 있고 신기할 정도로 예쁜 사람과 함께 일한다는 점, 또 마이크와 카메라가 있다는 것만으로도 멋진 공간이라고 생각하는 것 같습니다.

　하지만 실제 현장은 그렇게 화려하지는 않습니다. 방송이 끝나서 카메라와 조명이 꺼지고 나면 나무판에 불과한 세트가 원래 모습을 드러냅니다. 화려한 조명 뒤의 그 모습이 초라하기 그지없어서 마음이 울적해지는 날도 있습니다.

　음식으로 가득 채워졌던 식탁 위도 마찬가지겠지요. 따뜻하고 정겨운 자리였지만 다 먹고 떠나고 난 후에는 밥 찌꺼기와 설거짓거리만 남습니다. 누군가는 두 팔을 걷어붙이고 식탁 위를 깨끗하게 치우겠죠. 인생도 마찬가지라고 시인은 말합니다. 지금은 한창 자신의 삶을 꾸려가고 있지만 언젠가 소리 없이 치워질 거라고요. 그래요. 살다 보면 별자리 성성하고 꿈자리 뒤숭숭한 이 세상을 떠나는 날이 옵니다. 그건 누구도 피해 갈 수 없는 길이에요. 다만, 그날이 나를 찾아오는 날, 조금이라도 덜 후회할 수 있으면 좋겠습니다.

어느 늦은 저녁 나는

한강

어느

늦은 저녁 나는

흰 공기에 담긴 밥에서

김이 피어 올라오는 것을 보고 있었다

그때 알았다

무엇인가 영원히 지나가버렸다고

지금도 영원히

지나가버리고 있다고

밥을 먹어야지

나는 밥을 먹었다

《서랍에 저녁을 넣어 두었다》, 문학과지성사

128

　휴우. 깊은 한숨을 내쉽니다. 아무렇지 않게 살아온 일상이 낯설게 느껴지고 마음에서는 서러움이 너울처럼 밀려듭니다. 밤잠을 줄여가며 열심히 일했지만 결과는 엉망입니다. 일이 왜 이렇게 안 풀리는 건지 답답한 마음과는 상관없이 때가 되면 습관처럼 밥상 앞에 앉습니다. 흰 공기에 담긴 밥이 할 일은 이것뿐이라는 듯 천천히 김을 피워 올립니다. 흔적도 없이 사라지는 김을 보며 깨닫습니다.
　'이 또한 지나가리라.'
　암담한 현실도 처절한 절망도 지독한 아픔도 벗어날 수 없을 것처럼 깊은 슬픔도, 그리고 무엇인가도 영원히 지나가버리고 있다는 작은 위로. 천근만근 무거운 숟가락을 들고 밥을 먹은 시인처럼 아무리 괴로워도 밥을 먹어야 합니다. 언젠가 잊힐 거라는 약속을 믿고 숟가락을 드세요. 좀 더 살아보면 알게 됩니다. 밥심이 든든한 위로가 된다는 걸.

잡초비빔밥

흔한 것이 귀하다.
그대들이 잡초라 깔보는 풀들을 뜯어
오늘도 풋풋한 자연의 성찬을 즐겼느니.
흔치 않은 걸 귀하게 여기는 그대들은
미각을 만족시키기 위해
숱한 맛집을 순례하듯 찾아다니지만,
나는 논밭두렁이나 길가에 핀
흔하디흔한 풀들을 뜯어
거룩한 한 끼 식사를 해결했느니.
신이 값없는 선물로 준
풀들을 뜯어 밥에 비벼 꼭꼭 씹어 먹었느니.
흔치 않은 걸 귀하게 여기는 그대들이
개망초 민들레 질경이 돌미나리 쇠비름
토끼풀 돌콩 왕고들빼기 우슬초 비름나물 등
그 흔한 맛의 깊이를 어찌 알겠는가.
너무 흔해서 사람들 발에 마구 짓밟힌
초록의 혼들, 하지만 짓밟혀도 다시 일어나
바람결에 하늘하늘 흔들리나니,
그렇게 흔들리는 풋풋한 것들을 내 몸에 모시며
나 또한 싱싱한 초록으로 지구 위에 나부끼나니.

《명랑의 둘레》, 문학동네

잡초는 잡초입니다. 그런데 잡초라는 이름을 탈탈 털어내고 식탁에 오르니 약이 되고 생명을 살리는 약초가 됩니다. 우리 인생도 그랬으면 좋겠습니다. 평범한 내가 나보다 아프고 힘든 사람들에게 약이 되고 생명을 살릴 수 있다면. 아, 생각만으로도 감동입니다.

글 쓰는 사람이어서 감사했던 일이 있습니다. 잡초인 내가 약이 된 것 같다는 생각을 갖게 한 일입니다. 배우 정애리 선생님과의 인연으로 EBS와 월드비전이 함께하는 공익광고 캠페인에 참여하게 됐습니다. 한 달에 두 번, 당장 도움이 필요한, 위기의 가정을 찾아가서 취재를 한 후에 공익광고 캠페인에 글을 쓰는 일이었습니다.

불의의 사고나 질환, 가난 등등 말로 설명할 수 없을 만큼 큰 어려움을 겪고 있는 분들을 만나 이야기를 듣습니다. 가끔은 마주 보고 울기도 합니다. 가슴에 담고 있던 상처와 절망을 다 토해내도록 끄덕이며 들어주는 것 말고는 할 수 있는 일이 없습니다.

물론 쉬운 일은 아닙니다. 목포, 부산, 동해, 군산, 원주, 부안 등 도움이 필요한 분이 계신 곳으로 찾아가서 만나야 하고, 가슴 아픈 이야기를 듣고도 도움을 드리지 못하는 현실 때문에 속이 상할 때도 많습니다. 하지만 그분들의 절박한 상황을 글로 옮겨 라디오 청취자들에게 들려주는 일은 보람이 있습니다. 처음 취재를 갔던 수연이네를 시작으로 지금까지 만난 많은 가정의 사연이 정애리 선생님 목소리를 통해 생명을 갖게 됐고 방송을 통해 청취자들을 만났습니다. 그 공익광고 캠페인을 듣고 도움의 손길을 보내주신 많은 분들, 함께 마음 아파하고 직접 도움을 주셨던 분들이 모두 귀합니다.

'개망초 민들레 질경이 돌미나리 쇠비름 토끼풀 돌콩 왕고들빼기 우슬초 비름나물'처럼 힘들고 아픈 이웃에게 꼭 필요한 약이 되었습니다. 고맙고 감사한 일입니다.

호박죽

이창수

마루 끝에 앉은 외할머니께서
늙으면 죽어야 한다고 했다
늙으면 죽어야죠!
외할머니의 지당하신 말씀에 맞장구쳤다

그날 저녁 외할머니는 머리를 싸매고 드러누웠고
나는 이유도 모른 채
어머니의 부지깽이를 피해 마루 밑에 숨었다
외할머니의 지당한 말씀에 대한 대꾸가
빨간 불꽃이 살아 있는
부지깽이로 돌아올 줄은 꿈에도 생각 못 했다

그날 저녁 호박죽 한 그릇을 다 드시고도
입맛이 없다는 외할머니에게
한 그릇 더 드시라는 어머니의 말씀을
나는 이해할 수가 없었다

《귓속에서 운다》, 실천문학사

　초등학교에 다닐 때였으니, 할머니 연세는 몇이었을까요? 할머니는 당신이 육십을 넘기지 못할 거라고 했습니다. 어느 용하다는 점쟁이의 예언을 철석같이 믿었던 할머니.

　죽음에 대한 두려움 때문이었을까요? 할머니는 늘 불안한 마음이셨던 것 같습니다. 작은 일에도 화를 내고, 이제 곧 죽을 운명인 자신을 걱정하지도, 챙기지도 않는 어린 손자들에게 자주 서운함을 내비치셨습니다.

　죽음에 대한 걱정이 약이 되었는지 할머니는 구순까지 건강하셨습니다. 건강을 위해 하루 두 끼, 소식을 하셨던 할머니. 육십을 넘기지 못할 거라는 그 말이 할머니를 조심조심 살게 했고 장수를 선물한 거라는 생각이 듭니다.

　이 시를 읽으면서 할머니 생각이 났습니다. 열일곱에 시집와서 홀시아버지를 모시며 고생했다는 할머니에게도 꽃 시절이 있었겠지요. 이웃 마을 더벅머리 총각을 훔쳐보며 마음이 설레기도 했을 겁니다. 시집을 가고 아이를 낳고……. 시간의 흐름 속에서 어느새 할머니가 된 자신을 마주했을 겁니다. 그리고 죽음을 생각하는 나이가 됐을 때, 어떤 심정이었을까요? 할머니의 마음을 이제야 헤아려봅니다.

밥 한 그릇
— 항암치료

조향미

밥 한 그릇이 태산 같다
죽 한 사발이 바다 같다
나는 한 마리 개미가 되어
빌빌거리며 산을 올랐다
허우적거리며 바다를 건넜다

《봄 꿈》, 산지니

　《조화로운 삶》의 저자 중 한 사람인 스콧 니어링은 백 세가 되던 해 서서히 음식을 끊음으로써 죽음에 가까워졌습니다. 지구상에서 이런 죽음을 선택한 사람은 그리 많지 않을 겁니다. 때가 되었다고 생각하며 스스로 죽음으로 걸어 들어간 사람도 있지만, 나는 죽음에 가까워지고 싶은 마음이 없습니다.

　중병에 걸렸지만 죽을 수 없는 사람도 있습니다. 절박한 죽음 앞에서도 꼭 살아야 하는 이유를 가진 사람도 있습니다. 곡기를 끊는다는 것은 죽음으로 가까이 가는 것을 의미합니다. 그러니 먹어야지요. 태산을 넘듯 힘겹게 밥의 산을 오릅니다. 바다처럼 넓은 죽사발을 허우적거리며 삼킵니다. 그 밥심으로 부디 쾌차하시길 빕니다. 아프지 마세요.

멍게 또는 우렁쉥이

'우리 고향에서는 멍게가 아니라

우렁쉥인기라'

돌아가신 박재삼 선생님의 말씀 생각난다

선생께는 우렁쉥이였던 멍게

한참 주체할 수 없이

여드름 같은, 열꽃 같은 게 돋아 난

빵빵하게 기운차 아랫배 그들먹한

녀석의 춘기

바다 기운을 양껏 먹고 붉디붉은

다글다글 얽혀 있는 몸뚱이를 듣기 좋게

'바다의 꽃'이라고 한다는데

꽃이라? 그래 꽃이라 불러주자

칼을 대면 분수같이 솟구치는

네가 품었던 바다가 있고

내보내지 못한 부끄러운 똥 줄기까지

접시에 얹혀 온 보들보들한 네 살점을 씹으면

희한하다, 혀를 휘돌게 하는 그 씁쓸함이

끝판에는 어찌하여 덜큰하게 느껴지는가?

덜큰 씁싸래해서 입맛을 돋우게 한다는 그 맛

그걸 느낄 양이면

136

나잇살을 먼저 먹고 나서야 가능하다는 걸

어린 아들아 아는가?

《파랑주의보》, 인간과문학사

　어른들의 음식이 따로 있다는 생각이 듭니다. 반대로 아이들의 음식도
따로 있지요. 어릴 때 좋아했던 걸 지금까지 먹기도 하지만, 어른이 되면
식성과 입맛이 바뀌어서 덜 찾기도 합니다. 나이가 든다는 건 식성마저 바
뀌는 일인가 봅니다. 산다는 건 이렇게 변해가는 일입니다.

　어렸을 때는 이해 불가였던 맛이 멍게입니다. 물컹하고 비릿한 걸 왜
먹는지, 한마디로 '웩'이었습니다. 하지만 언젠가부터 멍게, 또는 우렁쉥
이라는 그것의 향이 지닌 아름다움을 깨닫게 됐습니다. 나이 듦의 놀라운
변화겠지요. 이해할 수 없었던 맛까지 폭넓게 사랑하게 된 걸 보면 나이가
든다는 건 멋진 일입니다. 시를 읽으며 나이 듦을 좋아할 이유를 하나 더
찾아서 행복합니다.

김밥 싸야지요

박노해

어머니 뭐해요 김밥 싸야지요
오늘은 휴일인데 아침해도 밝네요
고단하신 아버진 가을볕을 먹어야 해요
푸른 하늘물에 시린 눈동자 씻어야 해요

어머니 오늘은 김밥을 싸요
우린 너무 좁게 지냈잖아요
우린 너무 빨리 살았잖아요

텔레비전도 끄고 짜잔한 말도 끄고
오늘은 새소리 물소리 바람소리에
천천히 흙길을 걸어보아요
우린 가슴샘에서 솟아나는 참얘기를
오롯이 나눈 지가 너무 오래 되었어요

산자락을 돌아 들길을 걸으며
아버지 휘파람을 불어주세요
어머니 십팔번을 불러보세요
철이네도 같이 가요 민이네도 불러요
우리 함께 합창하며 둥글둥글 춤추어요

어머니 뭐해요 김밥 싸야지요

오늘은 휴일날, 가을 아침해는 너무 맑은데

아버진 으응 으응 피곤한 신음만 토하시고

어머닌 그으래 그으래 눈도 안 떠지시고

우린 김밥을, 김밥을 싸야 하는데

《참된 시작》, 느린걸음

산다는 건 뭘까요? 하고 많은 직업 중에 왜 하필 작가가 되었을까요?
방송 작가는 막노동이나 다름없다고 생각할 때가 많습니다. 전혀 고상한
직업이 아니에요. 일면식도 없는 사람에게 섭외 전화를 하고 출연하기 싫
다는 사람을 억지로 출연시키고 밤을 새워서 방송 원고를 써야 합니다.

시를 쓰는 일도 마찬가지입니다. 고심 끝에 간신히 한 편 써서 발표하
면 욕이 한 바가지입니다. 방송 작가건 시인이건 맷집이 좋아야 오래 버티
는 직업이라는 게 제 생각입니다. 누구나 자신의 직업이 가장 힘들다고 여
기죠. 저 역시 그래요. 휴일이고 날씨도 좋은 날, 아이는 소풍을 조릅니다.
하지만 잠을 벗지 못하는 부모, 우리 집 풍경 같아서 마음이 짠합니다.

소풍은 못 가더라도 김밥은 싸볼까요? 고슬고슬 밥을 해서 참기름에
참깨와 소금을 조금 넣어 비비고, 집에 있는 모든 재료를 다 넣고 김밥을
싸는 겁니다. 속을 털어낸 김치와 양파를 다져 넣은 참치도 넣고 달걀을
두툼하게 부쳐 넣어도 좋겠습니다. 일이 잘 안 풀리고 마음이 답답한 날엔
맛있는 김밥을 싸서 온 가족이 나눠 먹으며 마음소풍을 떠나보세요.

감자의 맛

이해인

통째로 삶은
하얀 감자를
한 개만 먹어도

마음이
따뜻하고
부드럽고
넉넉해지네

고구마처럼
달지도 않고
호박이나 가지처럼
무르지도 않으면서

싱겁지는 않은
담담하고 차분한
중용의 맛

화가 날 때는

감자를 먹으면서

모난 마음을 달래야겠다

《서로 사랑하면 언제라도 봄》, 열림원

텃밭에 감자를 심었던 적이 있습니다. 싹이 난 감자를 서너 조각으로 잘라 재를 묻혀서 고랑에 줄줄이 심었어요. 감자는 심기만 하면 저절로 자랐습니다. 하지 무렵, 감자알이 차면 장마가 들기 전에 감자 수확을 했습니다. 풀이 나지 않도록 씌워두었던 검은 비닐을 벗겨내고 호미로 살살 흙을 헤치면 감자가 줄줄이 손을 잡고 나왔습니다. 어디로 가는 줄도 모르고 따라나선 동생처럼 영문을 모르겠다는 말간 얼굴로 밭고랑 여기저기 누워서 뒹굴고 있는 감자들을 보며 스스로 '농사꾼 다 됐다.'고 뿌듯해했습니다.

텃밭 한쪽에서는 수확한 감자를 한 솥 가득 찝니다. 갓 쪄서 분이 하얗게 피어오른 감자를 감자 수확에 나선 사람들이 둘러앉아 먹습니다. 뜨거워서 어쩔 줄 모르지만 조심조심 껍질을 벗겨 한입 베어 물면 달큰하고 부드러운 맛에 기분이 좋아집니다.

적당히 푸근하고 담담하면서도 차분한 맛을 지닌 햇감자를 쪄 먹으며 여유를 갖는 것, 종종거리며 바쁘게 뛰어다니던 몸과 마음에 차분함을 채워주는 중용의 시간이겠지요. 지나침이 없는 중용의 맛을 가진 둥근 감자를 먹으며 툭하면 불거지는 모난 마음을 달래보는 것도 좋겠습니다.

칼로 사과를 먹다

황인숙

사과 껍질의 붉은 끈이
구불구불 길어진다.
사과즙이 손끝에서
손목으로 흘러내린다.
향긋한 사과 내음이 기어든다.
나는 깎은 사과를 접시 위에서 조각낸 다음
무심히 칼끝으로
한 조각 찍어 올려 입에 넣는다.
"그러지 마. 칼로 음식을 먹으면
가슴 아픈 일을 당한대."
언니는 말했었다.

세상에는
칼로 무엇을 먹이는 사람 또한 있겠지.
(그 또한 가슴이 아프겠지)

칼로 사과를 먹으면서
언니의 말이 떠오르고
내가 칼로 무엇을 먹인 사람들이 떠오르고
아아, 그때 나,

왜 그랬을까……

나는 계속
칼로 사과를 찍어 먹는다.
(젊다는 건,
아직 가슴 아플
많은 일이 남아 있다는 건데.
그걸 아직
두려워한다는 건데.)

《우리는 철새처럼 만났다》, 문학과지성사

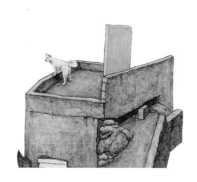

음식을 칼로 찍어 먹으면 가슴 아픈 일을 당한다는 말에 흠칫했습니다. 칼로 음식을 먹었던 기억이 나지 않으니 내가 겪었던 가슴 아픈 일들은 칼로 음식을 먹은 것과는 상관없겠지만 어쩐지 연관을 짓고 싶었습니다. 내가 겪은 가슴 아픈 일들에게 뭔가 핑곗거리를 만들어주고 싶었던 거겠지요.

살아오면서 가장 힘들었던 시간은 이십 대였습니다. 사랑도, 인간관계도, 또 미래도, 쉬운 게 하나도 없었습니다. 무엇보다 늘 가슴이 아팠고 희망보다는 절망에 가까웠습니다. 모든 게 다 걱정이었고 매 순간 비극에 가까워지는 기분이 들었습니다. 돌이켜보면 그렇게 안달하고 힘들어했던 감정들은 모두 내 마음에서 나왔습니다.

어떤 심리학자가 이런 실험을 했다고 합니다. 서로 모르는 사람들이 한 공간에 모여 있습니다. 대화는 하지 않고 가만히 앉아 있습니다. 잠시 후 사람들은 서로의 자세를 따라하고 비슷한 표정을 짓습니다. 그 이유는 감

정 전염 때문입니다.

　우리는 웃는 사람을 보면 자연스럽게 따라서 웃습니다. 이 역시 감정 전염입니다. 웃음이 바이러스처럼 번지듯 슬픔의 감정도 쉽게 퍼져나갑니다.

　오늘 우울한가요? 감정 전염으로 마음이 가라앉은 건 아닌가요? 나는 어떤 감정 바이러스 전파자일까요? 불행 바이러스 전파자가 아니면 좋겠습니다. 기왕이면 기분 좋은 웃음과 유쾌함, 즐거움으로 버무려진 행복 바이러스를 나누는 사람이 되고 싶습니다. 그러려면 내가 먼저 행복해져야겠죠. 행복해져라, 행복해져라, 행복해져라. 커피소년의 노래를 들으며 '행복의 주문'을 중얼거립니다.

김밥 한줄 들고 월드컵공원 가는 일

손택수

점심에 김밥 한줄 들고 월드컵공원에 나가 나무 그늘 아래
드는 일

나무 그늘 아래 앉아
가지와 가지 사이로 들어온
하늘이 나뭇잎 몇을 품고 설레는 걸
뜻 없이 지켜보는 일

옛날에 나는 저 이파리를 보고 아가미를 들었다 놓는 물고
기를
떠올리는 버릇이 있었는데

끊은 지 근 일년 만에 근질근질 일어나는 수피처럼
시가 떠오를 것 같은 순간마저
그냥 내버려둔 채
하염없이 내버려둔 채

나뭇잎에 내 맘 한자락 올려놓고
불어오는 바람 따라 그저 무심히 흔들려보는 일

그런 일, 왜 항상 가장 먼 것은 여기에 있는지
닿을 수 없는 꿈들을 옆에 둔 채 아픈 것인지

아득하여라 김밥 한줄 들고 월드컵공원 가는 일

《떠도는 먼지들이 빛난다》, 창비

1. 매일 30분 걷기

2. 싸목싸목 놀멍놀멍 일하기

새해를 맞아 수첩을 바꾸면서 맨 앞장에 써놓은 올해 Wish List입니다. 간단하지만 지키기가 너무도 어렵습니다. 대체 이유가 뭘까요? 여유가 없어서입니다. 시간과 돈의 문제가 아니라 마음의 문제입니다. 마음의 여유가 없으니 늘 초조하고 뭔가에 쫓기며 삽니다.

그럴 때 마음이 먼저 바쁨을 내려놓고, 떼 지어 헤엄치는 초록 물고기들이 만든 나무 그늘 아래로 갑니다. 물고기를 닮은 이파리가 하늘을 헤엄치는 모습을 상상하는 것만으로도 눈이 시원해지고 마음이 맑아집니다.

인생이라는 길고 긴 마라톤에는 잠깐잠깐의 휴식이 활력이 된다는 것을 압니다. 방송국이 서울에서 일산으로 이사를 왔습니다. 코앞에 호수공원이 넓게 펼쳐져 있어서 매일 산책을 할 수 있겠다고 생각했어요. 하지만 현실은 산책을 미룰 이런저런 핑계만 찾아냅니다. 김밥 한 줄 들고 공원에 가는 일이 사치가 되어버린 여유 없는 일상이지만 언젠가는 꼭, 고향 후배인 손택수 시인의 시를 읽으며 공원에 가겠습니다.

나뭇잎에 마음 한 자락 올려놓고 흔들려도 보겠습니다. 그날이 언제일까요? 그것도 결국은 마음먹기에 달려 있겠지요.

밥

천양희

외로워서 밥을 많이 먹는다던 너에게
권태로워서 잠을 많이 잔다던 너에게
슬퍼서 많이 운다던 너에게
나는 쓴다.
궁지에 몰린 마음을 밥처럼 씹어라.
어차피 삶은 너가 소화해야 할 것이니까.

《그리움은 돌아갈 자리가 없다》, 작가정신

루쉰의 소설 《아큐정전》의 주인공 아큐는 동네 사람들에게 무시를 당하고 툭하면 매를 맞곤 합니다. 이렇게 무시를 당하면서도 아큐는 '정신적 승리법'이라는 이론에 자신을 적용시킵니다. 그리고 자신이 모든 사람을 다 이겼다며 스스로를 위로합니다. 루쉰은 아큐의 태도를 통해 중국 사회를 비판하고자 이 작품을 썼지만 현대를 살아가는 우리에게는 아큐의 '정신적 승리법'이 필요한 순간이 있습니다. 특히 마음이 궁지에 몰렸을 때는 '정신적 승리법'으로 내가 나를 어루만져주고 격려합니다.

코코 샤넬은 이런 말을 했습니다.

"가장 용감한 행동은 자신만을 생각하는 것이다. 큰 소리로."

맞습니다. 조금은 부끄럽고 쑥스럽더라도 내가 나를 헐뜯고 끌어내릴 필요는 없습니다. 가끔은 용감하게 오로지 나 자신만을 위해서 나를 두둔해주세요. 궁지에 몰린 마음을 밥처럼 씹어 삼키면서 정면 돌파하는 것! 이게 방법일 때도 있습니다.

다른 생각은 하지 말고 온전히 나를 위한 선택을 하세요. 인생의 모든 순간에 나는 나 자신을 먼저 챙겨야 합니다. 그 누구도 나보다 더 나를 사랑할 수는 없습니다.

4장

엄마의 맛 詩

―

그리움이 피어오르는 시간

흰죽

고영민

무엇을 먹는다는 것이 감격스러울 때는
비싼 정찬을 먹을 때가 아니라
그냥 흰죽 한 그릇을 먹을 때

말갛게 밥물이 퍼진,
간장 한 종지를 곁들여 내온
흰죽 한 그릇

늙은 어머니가 흰쌀을 참기름에 달달 볶다가
물을 부어 끓이는
가스레인지 앞에 오래 서서
조금씩 조금씩
물을 부어 저어주고
다시 끓어오르면 물을 부어주는,
좀더 퍼지게 할까
쌀알이 투명해졌으니 이제 그만 불을 끌까
오직 그런 생각만 하면서
죽만 내려다보며
죽만 생각하며 끓인

호로록,

숟가락 끝으로 간장을 떠 죽 위에 쓰윽,

그림을 그리며 먹는

《사슴공원에서》, 창비

가끔, 쓸쓸할 때 꺼내 읽으면 마음이 따뜻해지는 시입니다. 밋밋하고 소박한 흰죽은 오래 아팠다가 막 기운을 차리는 사람에게 딱 어울리는 음식입니다. 아픈 딸을 위해 또는 아들을 염려하며 늙은 어머니가 오래오래, 세상의 좋은 기운을 죄다 끌어 모아서 끓인 것 같은 맑은 시를 읽으니, 마음 한 켠에 수액처럼 눈물이 차오릅니다. 아, 우리는 여직 사랑받고 있구나……. 잊었던 그 사랑을 느끼며 다시 살아갈 힘을 냅니다. 헛헛하고 외로울 때마다 꺼내 드세요. 위로와 사랑의 흰죽.

굴전

한복선

치과 치료를 한 남편을 위해
만든 연하고 향기로운 굴전
음식은 배려 친절이다

어릴 적 굴 안 좋아했는데
어른이 되어 너무 맛있다
어머니는 석화
이제야 알겠다

석화石花
돌의 꽃
바닷속 엄마의 젖 향 보드라운 아가의 속살
훗날 내 몸에 배어진 그리움
단단한 껍질 속 나 품고 바위에 꼭 붙어
피어난 어머니

《밥 하는 여자》, 에르디아

이 시를 읽으며 마음으로 엄마를 불렀습니다. 험한 세상, 모진 풍파를 견디며 단단한 껍질이 된 엄마. 나는 엄마 속으로 파고들어서 엄마가 가진 부드러운 것, 맛있는 것을 파먹고 살았습니다. 좋은 것을 어린 자식들 앞에 내놓았던 엄마는 지금도 한결같습니다. 때 맞춰 두릅을 데치고, 꼬막도 마침맞게 데쳐서 상에 올려주셨습니다. 굴이 나는 철에는 굴전에 굴무침, 굴떡국도 끓여주십니다. 그게 무슨 맛인지 몰라서 먹기 싫다고 떼쓰다 야단을 맞고 때로는 먹는 시늉을 하며 위기를 넘기던 아이들이 자라서 어른이 되었고 이제는 옛날이야기를 하며 '두릅과 꼬막, 굴을 즐겨 먹습니다.

식구라는 건 같은 음식을 먹는 사람들입니다. 슬픈 일을 당했을 때 함께 울면서 밥을 먹고 즐거운 일이 있으면 함께 웃고 떠들며 밥을 먹습니다. 서로 다른 식성을 가진 사람들도 한 밥상에 마주 앉는 시간이 길어지면, 입맛까지 닮아갑니다.

'밥정'이라는 말이 있습니다. 밥을 먹으면서 쌓은 정, 이게 만만치가 않습니다. 같이 일을 하는 동료들과도 함께 밥 먹을 일이 많습니다. 밥을 먹으며 공통의 화제를 나누고, 배부름이라는 만족감 속에 밥정을 쌓습니다. 그러면 내 고집을 앞세우고 목소리를 높이기보다는 상대방 말에 귀 기울이고, 입장 바꿔 생각하게 됩니다.

밥정, 밥이 지닌 또 하나의 힘입니다.

함박눈

이정하

수제비를 먹으며 왈칵 눈물이 난 것은
뜨거운 김 때문이 아니다
매운 고추가 들어가서도 아니다

어느 해 겨울, 빨갛게 언 손으로 내오시던
한 그릇 어머니 가난한 살림이 떠올라서였다
나는 괜찮다 어여 먹어라
내 새끼 배는 안 굻려야지

문득 고개 들어보니
분식집 창밖으로 눈이 내리고 있었다
그날 어머니가 떠먹여주던 수제비 같은
함박눈이 펑펑 내리고 있었다

《다시 사랑이 온다》, 문이당

어느 비 오는 날이었습니다. 늘 바빴던 엄마가 웬일로 집에서 점심 준비를 했습니다. 메뉴는 수제비. 다섯 아이들이 몰려와 밀가루 반죽을 한 덩이씩 쥐고 주물러댔습니다. 물이 끓자, 아이들은 냄비 주위에 모여서 넓적하게 길쭉하게, 토끼 모양, 별 모양으로 반죽을 잘라 넣었습니다. 수제비는 맛도 맛이지만 끓이는 과정이 늘 재미있었습니다.

그리고 처음 넣은 반죽이나 나중에 넣은 반죽이 똑같이 잘 익어 있어서 신기하기도 하고 이상하기도 했습니다. 수제비의 마법 같은 거라고 생각하기도 했습니다. 바지락을 듬뿍 넣은 엄마표 수제비는 재밌고 맛있는 우리들의 특식이었습니다.

몇 년 전 집 앞 식당에 마주 앉아 수제비를 먹는데 엄마가 말했습니다.

"배에 단단한 덩어리가 만져지는데 큰 병원에 가보래."

엄마의 담담한 목소리에 대수롭지 않게 여기며 함께 병원에 갔습니다. 빠른 시일 내에 수술을 해야 하고 암인지 아닌지는 수술 후 조직 검사를 해야 알 수 있다는 의사 말에 화장실에 가서 몰래 울고 나온 내 손을 잡고, 엄마가 말했습니다.

"괜찮아."

수술을 하고 조직 검사 후 다행히 암이 아니라는 의사의 말에 마음을 놓았지만 연세가 있으니 걱정하지 않을 수 없었습니다. 회복실에서 병실로 온 엄마가 자식들에게 한 첫마디도 "괜찮아, 엄마는 괜찮아."

괜찮다는 그 말이 '안 괜찮다'는 의미라는 것을 이제는 압니다. 엄마도 무섭고 힘들었다는 속말이라는 걸 말이죠.

오늘 엄마에게 해주고 싶은 말이 있습니다.

"엄마, 안 괜찮아도 괜찮아."

고향집 먼 마을엔 싸락눈이 내리고

밖에는 사락사락 싸락눈이 내리고

고향집 먼 마을에도 눈 내리는 밤이면

어머니는 굴풋한 아버지를 위하여

시루떡을 만드시곤 하였다

쌀을 불려 일어서 소쿠리에 담아놓고

팥을 삶아 떡고물도 장만해놓고

절구에 콩콩 쌀을 빻아서

쌀가루 한 둘굼 팥고물 한 둘굼

시루뻔*도 이쁘게 둥글게 발라

청솔가지 활활 태워 한 시루 쪄내면

뜨끈뜨끈 팥시루떡

푸짐하게 한 소반 차려내어서

아버지와 도란도란

동지섣달 익어가던 사랑 이야기

졸음에 겹던 나는 스르르 잠이 들면

고향집 먼 마을엔 사락사락 싸락눈이 내리고

고향집 마당에는 어느새 함박눈이 쌓이고

《첫 마을에 닿는 길》, 황금알

*시루뻔 : 시룻번의 사투리

열 살 무렵으로 기억되는 어느 날, 무슨 일인지 집에서 떡을 쪘습니다. 검고 둥근 질시루에 팥고물과 쌀가루를 켜켜이 넣은 다음 솥단지에 얌전히 올려놓고는 시룻번으로 솥과 시루 틈을 꼼꼼히 메웠습니다. 이렇게 정성을 다해놓고도 할머니는 떡이 익지 않을까 봐 안절부절, 부뚜막을 떠나지 못했습니다. 마침내 뭉게구름 같은 김 속에서 다 익은 떡. 할머니가 큰 쟁반 위에 시루를 단번에 뒤집어서 떡을 꺼냈는데, 그건 정말 멋지고 신기한 기술이었습니다.

이 시를 읽으며 안개처럼 뿌연 김을 뿜으며 익어가던 시루떡이 생각났습니다. 고슬고슬 부드러운 메시루떡을 뚝 떼어 건네던 할머니의 투박한 손도 함께요. 그로부터 몇 년쯤 지나서 엄마가 떡집을 하겠다고 했습니다. 이 새로운 도전은 아빠의 심한 반대에 부딪혔지만 엄마는 꿋꿋하게 떡집을 꾸려나갔습니다.

이른 새벽부터 깨어 있었던 엄마의 떡집은 안개만큼 짙은 연기로 휩싸이곤 했습니다. 그 속에서 맛있게 익어가는 떡 냄새는 그 길을 걷는 사람들 모두를 행복하게 했습니다. 40년 가까이 떡집을 운영했던 엄마는 허리를 다쳐서 일을 할 수 없게 될 때까지 떡을 만들었습니다. 그때, 허리를 다치지 않았다면 지금도 그 길에는 엄마가 만들어내는 안개 속에서 떡이 익어가고 있었을 겁니다.

음식 솜씨만큼은 자부하던 엄마의 떡이 밥이 되고 옷이 되고 책이 되어 우리들을 이만큼 길렀습니다. 이 시를 읽고 그냥 지나치지 못한 이유도 어쩌면 거기 있는 거겠지요.

적경寂境

신살구를 잘도 먹드니 눈오는 아침
나어린 아내는 첫아들을 낳었다

인가人家 멀은 산山중에
까치는 배나무에서 즞는다

컴컴한 부엌에서는 늙은 홀아비의 시아부지가 미역국을 끓
인다
그 마을의 외따른 집에서도 산국을 끓인다

　눈 오는 아침, 인가가 멀리 떨어져 있는 산중의 외딴집에 적막을 깨고 갓난아이 울음소리가 울려 퍼집니다. 초산인 산모의 진통은 얼마나 길었을까요? 노심초사하던 시아버지는 첫아들이라는 말에 헤벌쭉 웃고 나서 컴컴한 부엌으로 들어가 구부정하게 허리 구부리고 미역국을 끓입니다. 신 살구를 잘 먹던 나이 어린 아내는 엄마가 된다는 게 뭔지 알았을까요? 남편도 없이 진통을 견뎌낸 아내는 아기를 품에 받아 안고 기쁜 마음으로 미소 짓다가 이내 쓸쓸해졌을지도 모르겠습니다. 집을 떠나 일하고 있는 남편을 생각하면서 말이죠. 홀로 아기를 낳은 어린 아내는 홀시아버지가 서툰 솜씨로 끓여준 미역국을 마시고는 툭툭 털고 일어나서 저녁밥을 지었겠지요.

　모든 걸 참아야 했던 엄마의 시간을 거슬러 올라가서 나의 엄마를 만납니다. 어린 나이에 다섯 아이를 낳은 엄마는 출산 중에 죽음의 고비까지 넘겨야 했습니다. 그럼에도 자식에게 아낌없이 사랑을 부어주셨습니다. 이제는 늙고 약해진 나의 엄마, 그 여린 어깨를 꼭 안아주고 싶습니다.

미역

어머니 제삿날이 다가오면 까닭 없이 미역국이 먹고 싶더라 미역 한 춤 사 들고 현관문을 열면 어머니 활짝 웃는 얼굴로 '퍼뜩오그라' 저녁상엔 미역국이 오를 것도 같더라 해마다 산달이 다가오면 '야야 허리 좀 밟아 보그라 내 니 낳고 미역국도 몬 무 굿다 아이가' 나는 부뚜막에 오르는 고양이처럼 조심이 어머니의 허리에 올라 '엄마 나 무겁지?' 주름진 세월을 더듬듯 이리저리 발을 디뎌 보기도 했는데 '아이다 한나도 안 무굽다' 하실 때면, 어머니 입으신 꽃무늬 내의가 배냇저고리처럼 보이기도 했는데 어느새 어머니는 아기처럼 고록고록 코를 골며 생긋 웃기도 하시던데 등 뒤에서 가만히 안아 보면 마늘냄새, 김치냄새, 비릿한 젖냄새, 어느새 눈물처럼 젖어드는 엄마냄새……'내 제삿날이 저승에서는 생일인기라, 맞제?' 눈 감을 때 내 손 꼭 잡으시며 말씀하시더니 이제는 자궁 속 포근한 꿈을 꾸고 계시겠지 어머니 제삿날이 다가오면 미역국이 먹고 싶더라 양수 같은 미역국 한 사발 젯상에 올리고 싶더라

엄마는 갓난아이 적 딸을 이렇게 회상합니다. "얼마나 까다로운지 혼자 자는 법이 없었어. 논두렁에서도 꼭 같이 누워야 잠을 잤다니까."

잠은 안 자고 툭하면 빽빽 울어대는 딸 때문에 엄마의 첫 엄마 노릇은 몹시 힘들었던 것 같습니다. 하지만 좋은 꽃노래도 한두 번이지, 녹음기처럼 똑같은 말을 반복 재생하는 엄마가 달갑지 않았습니다.

시간이 흘러 철없는 딸이 결혼을 합니다. 아이 낳는 날, 죽을 것 같은 통증 속에서 엄마를 생각하며 눈물을 흘렸습니다.

'엄마…….'

딸이 여자로서의 엄마를 이해하는 순간이었습니다. 얼마나 무섭고 아프고 힘들었을까, 안쓰럽고 애틋했습니다. 그날 이후, 생일 미역국을 먹을 때면 아기를 낳고 병원 침대 위에서 먹던 미역국이 떠오릅니다. 그리고 엄마가 생각납니다. 엄마는 담양의 시골집에서 대나무밭에 눈이 하얗게 쌓여가던 날 나를 낳았습니다. 지금 이 나이를 먹고도 무던히도 엄마 속을 썩이는 딸이지만 생일 미역국을 먹기 전에는 엄마를 먼저 떠올립니다.

'낳아줘서 고마워.'

입속말로 중얼거리면서요.

잔치국수 한 그릇은

김종해

어머니 손맛이 밴 잔치국수를 찾아

이즈음도 재래시장 곳곳을 뒤진다

굶을 때가 많았던 어린 시절

그릇에 담긴 국수 면발과

가득찬 멸치육수까지 다 마시면

어느새 배부르고 든든한 잔치국수

굶어본 사람은 안다

잔치국수 한 그릇을 먹으면

잔칫집보다 넉넉하고 든든하다

잔치국수 한 그릇은 세상을 행복하게 한다

갓 삶아 무쳐낸 부추나 시금치나물,

혹은 아무렇게나 썰어놓은 김장김치 고명 위에

어머니 손맛이 밴 양념장을 끼얹으면

젓가락에 감기는 국수 면발이

입안에 머물 틈도 없이

목구멍을 즐겁게 한다

아직 귀가하지 않은 식구를 위해

대나무 소쿠리엔 밥보자기를 씌운

잔치국수 다발

양은솥에는 아직도 멸치육수가 뜨겁다

《눈송이는 나의 각을 지운다》, 문학세계사

좋은 엄마가 될 자신이 없었습니다. 아이를 낳았을 때, 조금은 어린 나이였고 석사 논문 준비로 바쁜 때였고 직장 생활에 적응하는 것도 힘들어서 마음에 아이를 품을 자리가 없었습니다. 아이가 웃는 입 모양이 나와 똑같이 닮은 게 신기하고 예쁘고 사랑스러웠는데 안고 있으면 무겁고 팔이 빠지는 것 같았습니다.

어쩌자고 엄마가 된 건지 후회도 했습니다. 그렇게 부족한 엄마 노릇을 하던 어느 날 내가 좋아하는 잔치국수를 먹는 아이를 보고 있다가 엄마에게 말했습니다.

"엄마, 난 모성애가 없나 봐. 아이가 뭘 먹고 있으면 다 안 먹고 남겨줬으면 좋겠다는 생각이 들어."

"괜찮아. 그건 아무것도 아니야. 엄마가 시골 살 때 옆집 아줌마는 아이들 밥그릇에 행주를 넣었다더라. 밥을 쪼금 담고 많이 담긴 것처럼 보이려고. 그리고 자기는 한 그릇을 다 먹었대. 그땐 쌀이 없어서 굶는 사람도 많았거든. 그렇게 키웠는데도 아들딸이 다 효자래. 애한테 너무 잘하려고 하지 마. 지금도 잘하고 있으니까."

그 말이 위로가 됐습니다. 잘못이 아니라고, 괜찮다고 내 편이 되어준 엄마의 한마디에 가벼운 마음으로 국수를 먹습니다. 그날 이후 뭔가 마음을 누르는 일이 생기면 국수를 찾게 됩니다. 엄마가 건네준 긍정의 에너지를 되살려 힘을 내보려고 후루룩, 크게 소리를 내며 국수를 먹습니다.

엄마의 김치가 오래도 썼다

성미정

예순 무렵부터 맛이 들쑥날쑥해진 엄마의 김치 한 해는 맛이
그럭저럭 먹을 만하다가 한 해는 쓰다가 김치도 담글 줄 모르
는 딸년 둘은 엄마 김치가 좀 이상해졌지 세 치 혀로 감히 엄마
의 김치에 대해 종알거렸는데 예순을 넘기고부터 엄마의 김치
는 매년 쓰기만 했다 내 손 가면 좀 나아질까 한 두어 번 같이
김장을 담가봤지만 엄마의 김치는 다시 달아지지 않았다 어쩌
면 김장하는 날 유독 심해지는 영감님의 잔소리도 엄마의 김치
를 몇 포기 쓰게 만드는 데 한몫했을 것이고 어느 해인가 삭혀
도 씻어도 먹을 수 없는 골칫덩어리가 된 엄마의 김치를 버리
고 나서 국산 재료만 사용하여 조미료 일절 넣지 않고 담갔다
는 김치를 시켜 먹으며 재래된장 정보까지 공유하는 소갈머리
없는 딸년 둘도 엄마의 김치를 열 포기쯤 쓰게 만들었을 테고

엄마가 담근 새콤한 김장 김치 김장독에서 막 꺼내 살짝 살얼
음이 낀 김치 한 보시기에 따뜻한 밥만 있으면 겨우내 반찬 걱
정 없던 기억들은 친정집 뒤란의 장독대와 함께 사라져버렸는
데 엄마는 지치지도 않고 매년 김치를 담고 있다 육십칠 년 성
상星霜 엄마의 인생이 쓰디써 엄마 손에 남은 건 쓴맛뿐인 듯한
데 그래서 김치 담그는 날이면 행여 어린 새끼들 눈 매울까봐
애태우며 김치 속 버무리느라 더 새빨개지던 그 손으로 거둔 딸

년 둘도 외면해버린 김치를 엄마는 매년 쓰고 있다

　그래도 쓰다 달다 말 없이 마나님 김치 먹어주는 영감님이 곁에 있어 엄마는 매년 김치를 쓰고 있다 구부정한 허리와 쿡쿡 쑤시는 무릎으로 죽을힘을 다해 올해도 한 40포기 썼다니 글 쓴답시고 코만 길어진 둘째 딸년이 새벽 4시까지 쓴 것보다 몇 배는 많이 쓴 셈이라 둘째 딸년은 거기 감히 명함도 들이밀 수 없겠다

《읽자마자 잊혀져버려도》, 문학동네

"언니, 엄마 10번 척추가 부러졌대. 근데 나이가 있어 뭘 할 수는 없대."

동생 전화를 받고 조금 울었습니다. 눈물 둑이 터지지 않게 무거운 돌로 꾹 눌러놨습니다. 아, 엄마.

조금 있다가 엄마에게 전화를 걸었습니다. 아무렇지 않게 씩씩한 엄마 목소리.

"아무렇지도 않아. 걱정하지 마. 내가 니들 고생 안 시키려고 얼마나 애를 쓰는데. 오늘부터는 칼슘 약도 잘 챙겨 먹을 거야. 내 몸은 내가 아니까 아무 걱정 말고 일해. 참, 김치 담가놨으니까 갖다 먹구."

　시력을 잃은 아버지를 돌보느라 2년 동안 미룬 골다공증 검사. 무심히 지나친 작은 일들이 커다란 사고를 가져온다는 하인리히 법칙이 스쳐갑니다. 칼슘 약을 건너뛴 300번의 미세하고 잠재적인 징후를 거쳐 29번의 작은 사고가 있었겠지요. 그리고 10번 척추 골절이라는 큰 사고 속에서도 엄마는 김치 타령입니다.

　팔순이 넘었지만 엄마의 김치는 여전히 맛있습니다. 어쩌다 한 번은 쓰기도 하지만요.

엉뚱한 생일 선물

강인석

아빠 생일 선물 고르기
고민 또 고민.

― 주문진 명품 코다리 세 마리 오천 원

마트 앞 안내판 앞에서
고민 또 고민.

신문지에 돌돌 말아서
꺼내 놓은 생일 선물.

엄마는 웃고
형은 어이없는 표정.

"이야, 내가 좋아하는 코다리네!"

주인공 아빠가 인정해준
최고의 선물.

《아빠의 물음표》, 소야

주문진 명품 코다리 세 마리를 신문지로 둘둘 싸서 아빠 생일 선물로
내놓은 아들 이야기가 담겨 있는 시를 읽으면서 '나는?' 하고 질문을 했습
니다. 엄마, 아빠에게 어떤 선물을 했는지 곰곰, 생각해봤습니다.

그러고 보니, 늘 받기만 했습니다. 아빠에게 받은 선물 중에서 기억에
남아 있는 첫 선물은 일곱 살 생일에 받은 인형이었습니다. 통통한 몸매
에 구불구불한 금발이 참 예뻤던 인형은 눕히면 눈을 감고 세우면 눈을 떴
습니다. 그게 신기하고 좋아서 한동안은 늘 인형을 안고 다녔습니다. 어느
크리스마스엔가는 받고 싶은 선물을 말하라고 해서 종이에 열 가지를 적
었습니다. 어린 마음에도 '설마 이걸 다 사주겠어?' 했는데 아빠는 그 선
물들을 꼼꼼히 챙겨서 자고 있는 내 머리맡에 놔줬습니다. 자식들이 원하
는 거라면 뭐든지 해주고 싶었던 아빠에게 받은 마지막 선물은 노트북이
었습니다. 장소를 이동하며 글을 써야 하는 딸을 위해 가볍고 좋은 제품을
선물해줬습니다. 아빠에게 선물받은 노트북으로 방송 원고를 쓰고 시를
썼습니다.

이제 세상에 없는 아빠에게 나는 뭘 선물할 수 있을까요? 그 어떤 좋은
물건도 드릴 수 없어 안타깝습니다. 그저 세상을 떠난 아빠를 기억하고,
아빠를 위해 매일 아침 기도하는 것! 그것도 선물이라면 선물이 될 수 있
을까요?

그게 비빔밥이라고 본다

윤성학

기억해
그때 당신이 했던 말
전주비빔밥이든, 골동반이든, 궁중비빔밥이든
혹은 새싹비빔밥이든

재료 다듬어 준비하고 각색 웃기 부쳐 올리고
갖은 양념 대령하고

그때 당신이 했던 말
수저를 내려놓으며,
그럼 뭘 해
이렇게 뭐가 뭔지 모르게 한군데 부대껴
품새 뭉개지고 빛깔마다 헝클어져버렸네
나 참, 참 나 닮았네

그러다 다시 대접에 숟가락을 삽날처럼 박아넣으며
정색 반색 했던 말
뭉개지고 흐트러지고 얽히고설킬 것
다 알면서도
보기 좋게 먹기 좋게 장만하고

한입 크기 다듬어

형형이 색색이 본새로 올려놓는 마음

나는 그걸 비빔밥이라고 본다던

《쌍칼이라 불러다오》, 문학동네

헝클어지고 뭉그러질 걸 알면서도 넓은 그릇에 재료들을 가지런히 올려놓습니다. 예쁘다고, 정성이 가득하다고, 그대로 두면 먹을 수 없는 게 비빔밥입니다. 헝클어서 한데 섞지 않으면 제대로 맛이 나질 않습니다.

젓가락으로 살살 섞어 비비는 경우도 있지만, 나는 숟가락으로 흐트러트린 후, 밥알이 반쯤 으깨질 정도로 비벼야 제 맛이라고 느낍니다.

여기 비빔밥 같은 삶이 있습니다. 잘 차려입고 집을 나서지만 파김치가 되어서야 집으로 돌아오는 사람들. 뭉개지고 흐트러지고 얽히고설킬 것을 알면서도 우리는 삶 속으로 뛰어듭니다.

그리고 하루를 잘 살아냅니다. 나라는 이름, 엄마라는 이름, 아빠라는 이름, 남편이라는 이름, 아내라는 이름으로.

김치찌개

한순

여름날 엄마 몸에서 나던 쉰내 같기도 하고

내 배를 문지르던 외할머니 손 같기도 한

저 쿰쿰한 냄새

둥둥 떠다니던 시간 갈앉히는 냄새

나를 위해 김치찌개를 끓인다

태어나 몇 번째 감기인지 모르겠지만,

치료약으로 돼지고기 몇 조각 넣은 김치찌개를 끓인다

밴드를 붙인 엄지손가락에 물이 들어가지 않도록

아홉 손가락으로 행주를 짠다

날은 흐리고

차들의 속도는 느리다

게으른 오후

2시가 넘어 김치찌개가 끓는다

부글부글 삶의 실체를 알려주는,

가지런하게 마음을 정리해 주는 냄새

엄마의 엄마의 엄마, 엄마의 엄마가

끓였을 오후 2시

《내 안의 깊은 슬픔이 말을 걸 때》, 나무생각

힘들고 아플 때, 배고플 때 가장 먼저 떠오르는 엄마. 엄마가 끓인 김치찌개와 갓 지은 고슬고슬한 한 그릇의 밥은 그대로 약입니다.

요즘은 라디오 작가로 일하고 있지만, TV 프로그램의 작가로 일할 때는 며칠씩 출장을 가기도 했습니다. 낯선 도시에서 여러 가지 불편을 감수하며 지내다 보면 가장 먼저 생각나는 게 '엄마밥, 집밥'입니다. 대충 차려내도 늘 푸짐했던 엄마밥을 먹고 나면 어떤 일이든 해낼 수 있을 것 같은 용기가 생겨났습니다.

나처럼 엄마에게도 그런 시간이 있었겠지요. 엄마도 엄마가 그립고 엄마밥이 먹고 싶었던 날이 있었을 겁니다. 엄마의 엄마가 세상을 떠나신 지 이십여 년이 훌쩍 지났습니다. 지금은 엄마의 엄마보다 더 많이 나이 든 나의 엄마에게 툭하면 고백합니다.

"엄마, 사랑해."

연금술

배추는 굵은 소금으로 숨을 죽인다.
미나리는 뜨거운 국물에 데치고
이월 냉이는 잘 씻어 고추장에 무친다.
기장멸치는 달달 볶고
도토리묵은 푹 쑤고
갈빗살은 살짝 구워내고
아가미 젓갈은 굴 속에서 곰삭힌다.
세발낙지는 한 손으로 주욱 훑고

안치고, 뜸들이고, 묵히고, 한소끔 끓이고
익히고, 삶고, 찌고, 지지고, 다듬고, 다지고, 버무리고
비비고, 푹 고고, 빻고, 찧고, 잘게 찢고
썰고, 까고, 갈고, 짜고, 까불고, 우려내고, 덖고
빚고, 졸이고, 튀기고, 뜨고, 뽑고, 어르고
담그고, 묻고, 말리고, 쟁여놓고, 응달에 널고
얼렸다 녹이고 녹였다가 얼리고

쑥 뽑아든 무는 무청부터 날로 베어먹고
그물에 걸려 올라온 꽃게는 반을 뚝 갈라 날로 후루룩
알이 잔뜩 밴 도루묵찌개는 큰 알부터 골라먹고

이른봄 두릅은 아침이슬이 마르기 전에 따되

겨우내 굶주린 짐승들 먹을 것은 남기고

바닷바람 쐬고 자란 어린 쑥은 어머니께 드리고

청국장 잘 뜨는 아랫목에 누워

화엄경 읊조리던 그런 날들이 있었다.

《지금 여기가 맨 앞》, 문학동네

음식을 차려내는 엄마는 한마디로 연금술사입니다. 부엌에서 치러지는 엄마의 연금술로 우리들은 자라고 살찌고 마음까지 풍요로웠습니다.

아주 오래전 어느 날 새벽, 정겨운 도마 소리와 맛있는 음식 냄새에 눈을 떴습니다. 엄마였습니다. 거기 엄마가 있다는 사실만으로도 행복했습니다. 바깥일을 하느라 늘 새벽부터 바쁜 엄마였는데, 그날은 무슨 일인지 아침을 준비하고 있었습니다. 부엌에서 흘러나오는 불빛이 언 마음까지 녹일 듯 따뜻하게 느껴졌습니다. 엄마라는 이름은 그 자체만으로도 우리를 행복하게 합니다. 나는 엄마 같은 엄마가 될 수 있을까요? 솔직히 자신이 없습니다. 그다지 좋은 엄마는 아니지만, 잘못했을 때는 빨리 사과하는 엄마이고 싶네요. 그럼 이쯤에서 "미안해, 아들."

팥칼국수를 먹으며

대빗자루로 쓴 마당에
보름달만 한 멍석 깔고
마당에서 먹던 팥칼국수

어머니가 홍두깨 방망이로 밀고 민
멍석만 한 보름달 뜨고
밥상 위로 연신 날아들던
반딧불이만 한 쪼무래기 별들

어머니가 북두칠성 국자로
한 양푼 퍼 주던 팥칼국수

팥칼국수에 뜨던
머언 쑤꾹새 소리
팥칼국수에 뜨던
어머니 목소리

……엎히지 않게
찬찬히 먹어라

야금야금 엄마를 뜯어먹고 살아왔습니다. 엄마의 젊음을 딛고 나의 오늘을 일궜습니다. 작가가 된 것, 지금까지 글을 써서 밥을 먹고 사는 것도 부모님의 희생이 없었으면 불가능했던 일이었겠지요.

젊은 날 어찌 당신의 꿈이 없었겠어요. 하지만 꿈을 포기하고 삶을 꾸려가신 부모님.

겨울이면 한 솥 가득 끓여서 온 가족에게 기쁨을 주던 엄마의 칼국수. 오늘 이 시를 읽으며, 다섯 자식들에게 한 젓가락이라도 더 먹이려고 애쓰던 젊은 엄마를 만나서, 눈가가 촉촉해집니다. 마음이 말랑말랑해집니다.

"엄마, 엄마 딸이어서 정말 행복해. 고마워."

보리밥

조재도

밥솥 밑바닥에 보리쌀 촘촘히 깔고

어머니는 쌀 한 줌 한가운데 놓았다

달걀노른자 같았다, 부글부글 밥이 끓어

고신내 구수하게 퍼지면

어머닌 눈부신 흰 쌀밥만 옴쏙 따로 퍼내었다

할아버지 밥이었다, 나머진 둥글넓적한 주걱으로

홰홰 설설 저어

한 그릇씩 뚝딱 퍼 담았다, 우리들 밥이었다

거뭇거뭇한 깡보리밥

씹을래도 이빨 사이에서 미끈덩미끈덩 미끄러지던 밥

찬물에 말면 낱낱이 풀어지던 헤식은 밥

풋고추 한 줌에 고추장 듬뿍 꿀맛 같던 밥

산초나물 기름에 애오이 썰어 넣고 썩썩 비비면

입안 가득 침부터 고여 오던 밥

그 보리밥을

나를 키운

없어서 못 먹던

꺼끌꺼끌한 보리밥을

오늘 다시 먹네, 웰빙이다 뭐다 하는 식당에서

열두 가지 반찬에 이름뿐인 보리밥을

1인분은 팔지도 않는 보리밥을

옛 추억에 배부르게 먹네

저녁나절 노랗게 지던 해 그리워하며 먹네

《좋은 날에 우는 사람》, 애지

추억이 배고플 때가 있습니다. 다시 돌아갈 수 없는 그 시간을 자근자근 씹어 먹고 싶어집니다. 다들 가난했던 그 시절, 욕심내도 가질 것이 없었기에 욕심도 없었습니다. 고무줄놀이에 신났고, 좁은 골목을 운동장 삼아 뛰어다니며 놀았습니다. 골목을 지나던 어른들은 아이들이 뛰노는 모습을 보며 빙그레 미소를 지었습니다. 가난했지만 넉넉했던 시절이었습니다. 노을이 마주 선 친구 얼굴을 분홍빛으로 물들이면 여기저기서 아이 이름을 부르는 엄마 목소리가 들려왔습니다.

"진아야, 선아야, 밥 먹어라!"

그러면 우리는 어미 새 품으로 찾아드는 어린 새처럼 뿔뿔이 흩어져 집으로 달려갔습니다. 밥에 김치뿐인 밥상이어도 행복했던 시절, 다섯 형제를 그윽하게 굽어보던 젊디젊은 아빠와 엄마가 있는 그 시간이 그리울 때면 가만가만 추억으로 걸어 들어갑니다.

어느 저녁 때

황규관

땅거미가 져서야 들어온 아이들과 함께 밥을 먹는다

뛰노느라 하루를 다 보내고

종일 일한 애비보다 더 밥을 맛나게 먹는다

오늘 하루가, 저 반그릇의 밥이

다 아이들의 몸이 되어가는 순간이다

바람이 불면 나무는 제 잎을 어찌할 줄 모르고

따스한 햇볕에 꽃봉오리가 불려나오듯

그렇지, 아이들도 제 몸을 제가 키운다

아내와 나는 서로를 조금씩 떼어내

불꽃 하나 밝힌 일밖에 없다

그 후 내 生은 아이들에게 이전되었다

그러다 보면 열어놓은 창문으로 시원한 바람이 들어오리라

오랜만에 둥그렇게 앉아

아이들의 밥위에 구운 갈치 한토막씩 올려놓는다

잘 크거라, 나의 몸 나의 生

죽는 일이 하나도 억울할 것 같지 않은

시간이 맴돌이를 하는 어느 저녁 때다

《물은 제 길을 간다》, 갈무리

육아, 참 힘듭니다. 육아 스트레스의 강도는 배우자와 사별하는 스트레스만큼이나 크고 무겁다고 합니다. 라디오 청취자들이 보내주는 문자 사연도 육아를 하면서 겪는 힘듦이 큰 비중을 차지합니다. 그 시간을 저 역시 보냈습니다. 아이를 낳은 날부터 초등학교에 입학시키기까지 7, 8년 동안이 가장 힘든 시간이었어요.

거기다 육아도 초짜, 방송 작가로도 첫발을 내딛던 시기였습니다. 광고 회사 카피라이터로 일을 하다가 출산 직후 시작하게 된 방송 작가 일. 첩첩산중을 헤매는 것처럼 힘겨운데 육아까지 병행해야 했으니 외나무다리를 건너는 것처럼 아슬아슬하고 힘겨웠습니다.

당시에는 텔레비전 다큐멘터리 작가로 일을 했는데, 편집이 늦게 끝나서 밤을 새워 방송 원고를 써야 다음 날 아침 녹화 시간에 맞출 수 있는 상황이었습니다. 방송국에서 밤을 새워 글을 쓰고 잠시 옷을 갈아입으러 집에 들른 아침, 아이가 불덩이처럼 뜨거웠습니다. 아파서 밤새 한숨도 못 자고 보챘다며 홍역에 걸린 것 같다고 했습니다.

당장 병원에 데려가야 하는 아이를 두고 녹화를 하기 위해 다시 방송국으로 가려고 집을 나서는데 아이가 "엄마 아퍼. 엄마 아퍼." 하며 울었습니다. 그 아픈 아이를 친정에 맡겨놓고 녹화를 하겠다고 방송국으로 가면서 사람들이 보는 것도 신경 쓰지 않고 한참을 울었습니다.

지금 생각하면 어떻게 그 시간을 지나왔나 싶은데 부족하고 못난 엄마 품에서도 아기는 제 몫의 시간을 먹고 점점 자랐습니다. 옹알이로 시작해 수많은 연습 끝에 '엄마'라는 말을 했던 것처럼 넘어짐을 반복하면서 걷기를 배우고, 매운맛을 알아가고, 열심히 해도 안 되는 일이 있다는 것을 받아들이면서 따스한 햇볕에 꽃봉오리가 불려나오듯 제 몸을 제가 키운 아이는 자신과 주변을 사랑하고 돌볼 줄 아는 한 사람으로 잘 자랐습니다. 너무 고마워서 마음이 뜨거워집니다.

맛있는 시

외롭고 힘들고 배고픈 당신에게

초판 1쇄 발행 2019년 4월 15일
초판 3쇄 발행 2023년 3월 27일

엮은이 | 정진아
그린이 | 임상희
펴낸이 | 한순 이희섭
펴낸곳 | (주)도서출판 나무생각
편집 | 양미애 백모란
디자인 | 박민선
마케팅 | 이재석
출판등록 | 1999년 8월 19일 제1999-000112호
주소 | 서울특별시 마포구 월드컵로 70-4(서교동) 1F
전화 | 02)334-3339, 3308, 3361
팩스 | 02)334-3318
이메일 | namubook39@naver.com
홈페이지 | www.namubook.co.kr
블로그 | blog.naver.com/tree3339

ISBN 979-11-6218-057-0 03810